honey

雪代鞠絵

幻冬舎ルチル文庫

CONTENTS ✦目次✦

honey

✦イラスト・テクノサマタ

✦カバーデザイン＝久保宏夏(omochi design)
✦ブックデザイン＝まるか工房

honey

俺の家事はいつだって完璧だ。

ミントグリーンのランチョンマットの上には、真っ白な皿が並ぶ。ふわふわのオムレツ、トマトのサラダ、トーストもこんがり焼き上がっている。スタイリッシュなデザインのキッチン・ダイニングは、清潔に、機能的に整えてある。

何時間もかけてぴかぴかに磨いた窓ガラスからは、夏の朝の爽《さわ》やかな光が落ちて来る。どこにも落ち度がないことを三度確認した後、俺は手を腰に当てて、よしと頷《うなず》いた。

今朝《けさ》の家事も、絶対に完璧。

だけど、貴志《たかし》さんはまだ降りて来ない。

いつもの起床時間より、もう十五分も過ぎてるのに。

もともと寝起きの悪い人だけど、ここのところ難しい手術が続いたとかですごく大変そうだった。

お医者さんが忙しいのは、二年も一緒に暮らしていればとうに承知だ。

俺は高校が夏休み中で時間もあるし、貴志さんの寝室まで起こしに行くのだって大した手間じゃないけど。

俺——雪村史緒《ゆきむらしお》は溜息《ためいき》を吐《つ》いた。

「……寝てるところって、何となく、入りにくいんだよなー……」

少し濃い目にセットしたコーヒーメーカーが、ぴぴ、と鳴るのと同時に、スーツ姿の貴志さんがようやくダイニングに飛び込んで来た。

「悪い、目覚まし止めて二度寝してた」

男っぽい、手馴れた手つきでネクタイを締めながら、慌《あわただ》しくテーブルにつく。コーヒーをカップに注《つ》いでやりながら、俺はすぐさま憎まれ口を叩《たた》いた。

「何やってんだよ、トースト冷めちゃうじゃん。さっさと食って出てけよ、キッチンが片づかないんだから」

「冷たいなあ、寝室に起こしに来てくれたらいいのに」

「冗談。高校生に甘えんなよな」

憎まれ口を叩くと、貴志さんは寝坊したとは思えない、ぱりっとした顔に苦笑を浮かべた。

久保《くぼ》貴志さん、二十九歳。

長身に黒髪と黒い瞳、フレームレスの眼鏡が映える男らしく理知的な顔立ち。仕草や言動が洗練されていて、いかにも自分に自信のある、完璧な大人の男、という感じ。

憎たらしいけど、むかつくけど、見た目はすごく格好いい。しかも、これが国立大学の付属病院に勤めるエリート外科医だというんだから本当に出来すぎだ。

そんな貴志さんは、俺の唯一の保護者だ。

同居を始めて、この夏で丸二年になる。

しかし、貴志さんと俺には血の繋《つな》がりも、法的な関係もない。仕事ではエリートなのに、変なところで考えなしの貴志さんは、ほんの些細《ささい》な事由から、まったくの他人である俺を引き取って扶養しているのだ。

二人で暮らし始めて三年目の夏。窓の外の空は、八月の朝そのものの爽やかさで青く晴れ渡っている。

俺は自分も席についてトーストを齧《かじ》りながら、新聞を読む貴志さんを密《ひそ》かに窺《うかが》った。どうせ憶えていないだろうと思いつつも、もしかしたらという期待も捨てられない。去年はものの見事に忘れられていたけど、今年は、もしかしたら。

咳払《せきばら》いして、さり気なく今日の日づけを尋ねようとしたその時、階段をがんがん下りて来る音が聞こえた。

その足音を聞いて、俺は眉を顰《ひそ》めた。

「……あの人、また来てんの」

貴志さんはごめん、と目で笑って肩を竦《すく》める。その途端、すごい勢いで扉が開いて、思った通り、天野《あまの》さんが転がり込んできた。

「うえぇー、きのうのみすぎた。二日酔いで死ぬうー」

スリッパも履いてない裸足《はだし》のまま冷蔵庫に近づいて、牛乳パックを取り出すと、コップにも注がず直《じか》に口をつける。

最悪に行儀が悪い。

もともと神経質な俺は、ぴりぴりと天野さんの真《ま》っ直《す》ぐな背中を睨《にら》む。

肩につく長さの、金が混じった褐色の髪。耳にはピアスをあけている。

顔立ちはやや女顔だが、とても綺麗《きれい》で華やかだ。だけど、強引で我儘《わがまま》、横着、おまけに助平で恥知らず。

悪い大人の見本みたいな人。

俺の天敵だ。

信じられないけど、この人も貴志さんと同じお医者さんなのだ。

貴志さんは新聞から顔を上げずに、冷静な口調で天野さんに尋ねた。

「早いですね。昨日、ずいぶん飲んでたのに」

「バッカ、今日うち教授回診なんだよ。遅刻すると師長がうるさいんだよ、あのくそババア、何かっちゃ人のこと目の敵《かたき》にしやがって」

「天野さんの素行が悪いからでしょう。二日酔いのまま出勤したら、また叱られますよ」

「何が素行だ。中学生かよ」

空になった牛乳パックをシンクに投げ捨てた。

食事を終えた貴志さんが吸っていた煙草を背後から奪うと、顎《あご》を摑《つか》んで真上を向かせる。

綺麗な形の唇には、ふしだらな笑みが浮かんでいた。

「いい大人が酒の一つも飲まないでいる方が、ずっと不健康だと俺は思うね」

煙草を片手に貴志さんに絡みついて、頬《ほお》にキスする。

他人の俺がいても遠慮なし。

朝っぱらから、べたべたしてる恋人同士が視界に入らないよう、俺はまだ途中の食事を放り出して席を立つ。無表情に、茶碗を洗い始めた。

恋人同士。

そう、貴志さんはゲイなのだ。しかも、一緒の病院に勤めている先輩の天野さんともうずっと付き合ってるらしい。

それが、養われている身分にもかかわらず俺が貴志さんに憎まれ口ばかり叩いてる理由の一つ。

いくらエリート外科医だって、男同士で堂々といちゃつくなんて最低だと思う。

「史緒ちゃん、俺にも朝飯ちょうだい。遅刻しそうだから急いで。あ、先にコーヒーね」

まだ貴志さんに絡みついてる天野さんに当たり前みたいに言われて、俺はむっと唇を尖《とが》らせた。

「豚肉とほうれん草の件」を約束通り貴志さんに黙ってくれているのには一応感謝するけど、小間使いみたいにあれこれ命令される謂《いわ》れはない。

「今から卵とパン焼くから時間かかる。コーヒーくらい自分で淹《い》れてよ」

「何だとてめー。ここん家《ち》のイソウロウのくせに、俺様にそんな暴言が許されると思ってんのか」

当たり前のことを答えただけなのに、いきなり背後から羽交い絞めにされる。

「なっ、何すんだよっ！」

俺は泡まみれのスポンジを振り回して抵抗したが、力じゃまるで敵《かな》わない。貴志さんほどじゃないけど、天野さんもかなり背が高い。

「生意気な高校生は耳ヴァージン剝奪《はくだつ》の刑に処す」

れろ、と右耳の穴に天野さんの舌がもぐりこんだ。異様な感覚に、俺は暴れてぎゃあーっ、と悲鳴を上げる。

「やっ！　やめろよっ！　くすぐった……！」

「許してください、ごめんなさいって言ってみな。それとも、いっつもつっかかってる貴志に助けてくださいってお願いしてみるか？」

「誰がするか、そんなこと……っ」

足をじたばたさせるのに、全然敵わない。舌を出し入れされると、くすぐったいのとは違う、変な感覚がじわっと首筋を走った。

「………あっ……」

かくんと膝《ひざ》が抜けて、ようやく解放される。俺は情けなくも耳を押さえて、へなへなと床の上に座り込んでしまった。

「はは。口ほどにもねーな」

憎たらしく笑いながら、天野さんはテーブルについた。俺の食べかけのスクランブルド・エッグを、当たり前みたいに食べ始める。

信じられない。人の食べかけ食べるなんて。

そして貴志さんは、俺たちの諍《いさか》いに介入することはない。医大の一年先輩である天野さんの傍若無人振りにはもうとっくに慣れっこだからだ。

穏和な大人である分、貴志さんは、本当は少しだけ残酷だ。子供の俺が受ける屈辱など、まるきり頓着しない。

「朝からやりすぎですよ。子供が相手なんですから手加減してやってください」

「だってこいつ、俺が来る度にほんといつも生意気なんだもん。お前が放任主義な分、俺がギャフンと言わせてやらないとさ」

「舌入れたでしょう、唾液で中耳炎になる」

「そんなヘマすっか。下半身のヴァージンじゃないだけ有難く思ってよ、史緒ちゃん」

「………ヘンタイ………！」

貴志さんの目の前で、暗にまだ未経験なんだろうと言われてかっとする。

洗いかけの小皿を二人に投げつけた。

壁にぶつかり破片が飛び散って、貴志さんもさすがにぎょっとしたようだ。

「ヘンタイ！　バカホモカップル！」

そりゃ確かにまだ童貞だけど。

貴志さんや天野さんみたいに、特別格好よくもない。クラスの女の子達からは「可愛い」と指でつつかれる童顔で、おまけに小柄だ。

それに仕方ないんだ。

俺が好きな人は、絶対に俺のことなんか見てくれないんだから。

だが、天野さんは相変わらずへらへらと笑っている。だらしなく椅子に片膝を立て、新しい煙草に火を点《つ》けた。

「飛び道具禁止ー。保護者怪我《けが》させたら困るんじゃないの。史緒ちゃんここん家の居候なのに」

「イソウロウっていうな‼」

大嫌いな言葉を聞いて、俺はいきり立って叫んだ。

「俺にここにおいでって言ったのは、貴志さんなんだから、居候とか言われる筋合いない！　だいたいこの家の家事、誰がしてると思ってんだよっ！」

「何よ史緒ちゃん。今日はいつにも増して機嫌悪いなあ」

「ホモなんかに耳舐《な》められたからだっ！　バーカ！」

それだけ言い捨てて、俺は憤然とダイニングを飛び出した。

貴志さんがやれやれと肩を竦めるのが見えた。

悔しい。大嫌い、バカホモカップル。

俺は二階に駆け上がった。

もう顔を合わせないで済むよう、二人が出てくるまで部屋の掃除でもしていよう。

だけど、自分の部屋のシーツをはいでまた踊り場に出た所で、階下から貴志さんに声をかけられた。

「史緒」

上着をきちんと着て、玄関先に立ってる。天野さんより一足先に、家を出るらしい。

まだ不貞腐れ顔の俺を見て、くっきりと男らしい口元に苦笑いを浮かべる。

「天野さんが言うこと、あんまり気にするなよ。天野さんは人が悪いから、お前のことをついて面白がってるだけなんだ」

「あの人の言うことなんか、気にしてないっ」

階段の一番上から枕カバーをぶん投げると、貴志さんはひょいと避けてしまう。

飛び道具は良くないぞ、と天野さんと同じ科白《せりふ》で窘《たしな》めるのが、余計に気に入らない。

「天野さんも言ってたけど、お前、どうして今日そんなに機嫌悪いんだ？」

「…………」

「連絡なく天野さんを連れて来たこと、怒ってるのか？　だったら謝るよ、昨日も天野さんべろべろだったから連絡どころじゃなかったんだ」

無言でいる俺に、困ったように首を傾《かし》げる。

不貞腐れた子供を、上手《うま》く宥《なだ》めるのも保護者の義務だから。だけど貴志さんが寝坊して遅刻しかけていることを思い出して、俺は慌てて口を開いた。

「そんなんじゃないよ。俺はあの人のこと確かに好きじゃないし、ホモなんてヤだって思うけど。ここは、貴志さんの家なんだから、お客さんなんか好きに連れて来たらいい」

「だったら、何をそんなに怒ってるんだ」

再度淡々と問われて、俺は手に抱えていたシーツに視線を落とした。

いつもの家事。

独身で、職業の割に意外と不器用で大雑把な貴志さんの為に、朝食を作り、洗濯して掃除する。

俺の家事はいつだって完璧だ。そうなるように、そうなれるように、努力したんだから。

だってこれ以外、この家で俺が貴志さんの為に出来ることなんて、他に何も、何もなかったから。

「貴志さん…今日が何月何日か、憶えてないよね？」

「今日？」

俺は赤くなって頷いた。自分が恥ずかしかった。

貴志さんが忙しいのは分かっているのに、未練がましく、その記憶を探ろうとする。天野さんへの態度だって、ほとんど八つ当たりだ。

時々こんな風に、上手く取り繕えなくなる自分が、子供っぽくて、いじましくて、嫌になる。

シーツに顎を埋《うず》めるように黙り込んでいる俺に、貴志さんはそんな簡単なことか、と笑った。

「そうか、もう月半ばなんだな。小遣いが足りないんだろう。せっかく夏休みなんだから、友達とどこでも遊びに行っておいで」

まったく的外れなことを言って、財布からひらりと一万円札を三枚取り出した。取りにおいで、とにこやかに掲げてみせる。

お金を扱っていても、貴志さんの所作にはまったく下品なところがない。だけど俺は力なく、その高額紙幣を見下ろしていた。

「……馬鹿じゃないの」

俺は自分で思っていた以上に、貴志さんが今日の日づけを憶えていることに期待をしていたらしい。

がっかりした分、俺の憎まれ口は本当に、本当に最低のものだった。

「援助交際じゃあるまいし、お金なんかもらっても嬉しくないよ。…俺は貴志さんのお母さんとは違うんだから！」

同じ性指向の、綺麗な恋人とは仲が良くて。仕事も多忙で毎日充実してる。気紛れで引き取った「イソウロウ」のことなんか、日常生活の、最後の最後だってちゃんと分かってる。

だけど、お小遣いが欲しくて拗《す》ねてると勘違いされるなんて、あんまりだと思う。情けなくも半泣きになっていた俺は、抱えていたシーツが足元まで垂れて、自分で踏みつけていたことにさえ気づいていなかった。

「さっさと行けよ！　天野さんにも早く出てけって言えよな！」

「馬鹿！　お前、あぶな……！」

洗濯物を回収するバスケットに力いっぱいシーツを投げ込んだ途端、足がさらわれた。

「史緒‼」

階段の真上で、体がぐるっと反転する。

何度か視界が回って、後頭部に強い衝撃がある。

そのまま、目の前が真っ暗になった。

□■□■

子供っぽい泣き声は、廊下の外まで聞こえていた。

「イヤったらイヤ――――っ！　あっち行け！」

白衣姿の久保貴志は、溜息をついて病室に入った。凄《すさ》まじいヒステリー状態にある患者を宥めるのに、すっかり弱り切っていたらしいナースが二人、ほっとした顔を見せる。

「久保先生」

「悪いな、弟が目を覚ます前に戻るつもりだったんだけど、回診中に医局長に捕まった。弟の様子は？」

だが、聞かなくても分かる。

ベッドの上にはこんもりとシーツの白い山が出来ていて、そこから時折、シオの啜《すす》り泣きが聞こえている。

「すいません、久保先生。弟さん、さっき鎮静剤から目を覚まして、もうずっとこんな状態で……」

「いや、もともと少し難しい子なんだ。こんな症状だし、知らない場所にいて混乱するのも無理はない」

ナースの一人に笑いかけて、貴志はベッドに近づき膝を折った。職場では便宜上、史緒のことは弟、と呼んでいた。

「シオ。何やってる？　皆困ってるだろう、そこから顔を出しなさい」

シオはちらっとシーツの隙間《すきま》から片目を覗かせた。しかし、貴志を認めた途端にひぃーっと悲鳴を上げる。まるでホラー映画だ。

ナースや救急外来の担当医に押さえつけられ、馬乗りになった貴志に注射針を刺されたことは——「憶えて」いるらしい。

救急車の中でも、この病院に運び込まれて検査を受けている最中も、史緒——シオは混乱しきって酷《ひど》く興奮していた。ここから出して、ここはどこなのと泣き叫び暴れるので、医者としては鎮静剤を打たざるを得なかったのだ。

「シオ」

「や、だ——……っ！　や——！」

闇雲《やみくも》にシーツの中でもがき、勢い余ってベッドから転がり落ちそうになる。ナース達が悲鳴を上げた。貴志は慌ててベッドに飛びつき、逃げ惑うシオの華奢《きゃしゃ》な体を抱きとめた。

「馬鹿！　お前、また頭打ったらどうするんだ！」

「——！　——っ！」

シーツを体に絡みつかせたまま、シオは半狂乱だ。悲鳴を上げ続け、胸に回された貴志の指に噛《か》みついてくる。

「…………っ！」

「くっ、久保先生‼」

「大丈夫だ、来なくていい」

駆け寄ろうとするナースを大声で制し、体格差にものを言わせてシオを大の字に押さえ込んだ。

二年間一緒に暮らしているが、この子とこんな兄弟喧嘩《げんか》じみた真似《まね》をするのは初めてだ。基本的に生意気ではあるが、今のように昂奮《こうふん》して暴れるような聞き分けの悪い子ではない。しかも怪我をしている子供が相手では手加減が難しく、貴志もさすがに呼吸が弾む。

「ありがとう、後は俺が診るよ。大勢だとこの子が却《かえ》って興奮する」

「でも……お一人で大丈夫ですか？　私たち、何でもお手伝いします」

「いや平気だ。医者以前に弟の世話くらい出来るさ。ただでさえ忙しい救外のナースに面倒をかけて悪かった。今度夕食でもおごらせてもらうよ」

殊更《ことさら》爽やかに笑って見せると、彼女達はぼうっと頬を染めた。何かあればすぐにコールしてください、と繰り返して病室を出て行った。

若くて独身。長身で、白衣とフレームレスの眼鏡が似合う男らしい美形。仕事も抜群に出来るし、気さくで人当たりがいい。少しクールな気配もあるが、それもまた素敵だ。

それが貴志に対する、ナース達の評価だ。

特殊な性指向から、ナース達には一定の距離を置いて接している。それも、端整な美貌に似合うミステリアスな印象を与えるらしい。

——その上、先生ってとっても弟さん思いなのよ。

第一内科にいる天野が聞いたら笑い転げるに違いない。プライドの高い貴志は、単に職場の人間に身内の面倒を任せて、弱味を見せるのが不愉快なのだ。

「シオ」

「うー……、うー………」

シオは貴志に組み敷かれたまま、しくしくと泣き始めた。力では相手に敵わないと悟った、子供の最後の保身手段だ。

いつもの気丈な態度は完全に消え失《う》せている。毎日てきぱきと家事全般をこなし、繊細な容姿の割に負けん気が強く、貴志でさえ歯向かわないことに決めている天野にも食らいついていく。学校でも優秀らしく、保護者の貴志を一切煩わせない。

今のシオにはその片鱗もない。外国で迷子になった無力な子供も同然だ。自分が置かれている立場が分からないのだから仕方がない。

貴志は溜息をついた。まったくとんでもなく厄介なことになったものだ。

記憶喪失なんて。

——記憶喪失。

今朝、史緒は自宅の階段から落ちた。貴志の目の前で、助ける暇もない一瞬の出来事だった。その時の打ち所がよほど悪かったらしい。

目を覚ますと、シオは自分に関する記憶を一切失っていた。一切だ。名前も、年齢も生い立ちも、貴志との関係も。何も憶えていない。

「……あたま、痛い……」

シオはベッドにうつ伏せると、両手で頭を抱えて啜り泣いている。その手首や腕には、派手に包帯が巻かれている。体中、あちこち打撲やら擦傷があって、全身ミイラのような状態だ。

「おでこも痛い。足も、手も痛いよ」

「ああ、大丈夫だ。階段で擦り剝《む》いたんだ。包帯は派手だけど、すぐに治るよ。入院も必要ないから、今日中に家に連れて帰ってやる」

やっと大人しくなった。貴志はやれやれとベッドから降り、白衣の乱れを直した。

「……誰？」

シオは、涙と鼻水でびっしょりと濡れた顔で、おずおずと貴志を見上げる。

天然の蜂蜜色の髪に、いつもびっくりしたみたいな大きな目。気の強さと攻撃的な性格の割には、どこかか弱い少女じみた印象を与える。どんなに憎まれ口を叩かれても、生意気を言われても、今一つ本気で取り合えないでいる所以《ゆえん》だった。

「あなたは、誰ですか？　お医者さん……？」

「…………」

「ここは病院ですか？　ど、ど、どうして、俺は、ここに連れて来られたんですか？」

ややどもりがちに、矢継ぎ早に繰り出される問い掛けに、痛ましいほどの焦燥が伝わる。

一番重要で、一番切実に答えを聞きたがっているに違いないその質問を、シオは長い逡《しゅん》巡《じゅん》の後で口にした。

「……俺は、誰なんですか？」

ぽろりと零《こぼ》れた涙が、血の気が引いた真っ白な頰を伝い落ちる。

貴志は、何か不思議な気持ちでその涙を眺めていた。

そういえば、史緒の泣き顔なんて、この二年間、見たことがなかった。史緒の母親の葬式の時でさえ、史緒は涙を一切見せなかったのだ。

貴志は深い溜息をついた。二匹の雀《すずめ》のように、ベッドの端にシオと並んで座る。シオの手を取り両手で包み込んだ。

「お前の名前は、雪村史緒。年齢は十六歳。今は頭を打って、記憶を失くしてる。記憶喪失っていう症状を起こしてる」

それから、殊更ゆっくりと、自分の名前を告げた。

――今更自己紹介することになるとは思わなかったな。

「俺は貴志だ。久保貴志」

「……シオ？　タカシ……？」

シオはやけに幼い仕草で首を傾げる。目の前にいるこの男は敵か、味方か。注意深く、探っているらしい。

「知らない、誰、それ……？」

「今は忘れてるだけだ。それが記憶喪失だ。俺たちは一緒に暮らしてる。俺は、お前の保護者だ」

「……一緒に、暮らしてるの？」

それから、少し考えて、上目遣いでおずおずと呟《つぶや》く。

「か、家族……？」

その言葉に安堵《あんど》したような様子を見せたが、貴志の白衣についているネームプレートを認めると、見る見るうちに不審そうに眉を顰める。

「ユキムラとクボは、みょうじが違う」

「ああ……」

泣いていても、神経質な所は変わらないらしい。そんな細かいことまでチェックが入る。苗字が違うのに家族とはどういうことかとシオは不審感を抱いているのだ。

「家族じゃない。じゃあ、あなたは誰ですか？　俺は誰？　ここはどこ？」

やっぱり、分からない。何も思い出せない。

貴志の手を振り払い、膝を抱えて小さくなって、泣きじゃくる。貴志の慰めの言葉も、もう聞いていない。

「……………う、ううー……」

「――シオ」

もともと、聞き分けのない子供をあやす面倒は大の苦手だ。しかし医者になって数年、あれこれと経験を積んでいる。こんな時、どうしてやればいいかくらいは知っている。

「シオ」

優しい口調で名前を呼んで、細い体をぎゅっと抱き締めてやった。泣いている子供には一番手っ取り早い処置。

強いハグだ。

シオは心底驚いたらしく、体を硬直させた。その隙に顔を覗《のぞ》き込んで、絶妙のタイミングで笑いかけてやる。

「いい子だ。落ち着いて深呼吸してご覧」

「……………」

シオが病院にいてこれほど取り乱す理由を、貴志は薄っすらと推測することが出来た。シオの母親は心身を長く患って入院し、病院で亡くなっている。記憶はなくとも、この場所に

いると怖い、そしてつらく悲しい気持ちに苛《さいな》まれてしまうのではないだろうか。

「シオ。深呼吸だ」

涙を指で拭《ぬぐ》ってやり、もう一度促すと、シオはひゅうひゅうと何度か大きく息をつく。緊張に汗ばんだ額を貴志の肩に擦《こす》りつけて、しゃくり上げる。

「……ひっく……」

「大丈夫だ。何も怖くない。俺がここにいる。俺は本当にお前の保護者なんだ。今までのことも、これからのことも、お前が納得するまで何度でもちゃんと説明するよ」

何度も丁寧に、痩《や》せっぽっちの背中を撫《な》でてやる。

「ちゃんと話を聞けるな？」

長い睫毛《まつげ》が瞬《しばた》き、涙の雫《しずく》が、いくつか弾《はじ》け落ちる。シオはようやく、こっくりと頷いた。

この男は、分からないことを全部教えてくれるらしい。不安をすべて解消してくれるらしい。

期待に満ちた眼差《まなざ》しを感じる。

しかし、貴志ははたと気づいた。

自分達の複雑な関係を、本当にここで今、話していいものだろうか。

貴志がシオを引き取った経緯。そして貴志がゲイであること。どちらも重要なことだが、シオが普段、貴志に凄まじい反発を見せていたのはその二つが理由なのだ。

興奮させて、職場でこれ以上騒ぎを起こされるのもごめんだ。

貴志が戸惑っていると、病室の扉が開いて、外科のナースが飛び込んで来た。

「久保先生、急患です。外来担当されてる浦田《うらた》先生が、どうしても手助けが欲しいって」

去年第一外科に配属されたばかりの、後輩の情けない顔が浮かんだ。一年目では頼りなくて当然だが、何かと言っては大騒ぎして先輩医師を呼びつけて顰蹙《ひんしゅく》を買っている。

「悪いけど、今取り込み中なんだ。他の先生あたってもらえるかな」

「それが、他のドクターは回診中で…本当に困ってらっしゃって。お願いします」

貴志は密かに舌打した。仕方がない。

シオは病人とはいえあくまで身内だ。その世話を優先して後輩のSOSを放置する訳にもいくまい。

立ち上がった貴志に、シオは怯《おび》えたような顔で尋ねた。

「どっか、行っちゃうの……？」

「すぐに戻るよ。いい子だから、ここでじっとしててくれるか？」

しかし、シオは不安顔だ。

自分が誰か、どうして何も憶えていないか教えてくれるって言ったのに。

貴志が不在の間にその不審は募り、戻って来たら多分、また一から言葉を尽くして懐柔しなくてはならないだろう。溜息をついたその時、軽薄な男の声が聞こえた。

「俺が見てるよ」

病室を覗き込んでいるのは天野だ。Tシャツの上にだらっと白衣を着て、金褐色の髪はいい加減に括《くく》られている。

小脇に挟んでいるのはカルテのファイルだ。内科の教授回診が終わって真っ直ぐこちらにやって来たらしい。

「何、お前その顔。すんごい引っかき傷。あの子の仕業か?」

貴志はシオに引っかかれてひりひり痛む頬を押さえた。

みっともないところを見られてバツが悪い。

「仕方ありません、ついさっきまで、ここが病院だってことも分からないでパニック起こしてたんですよ。もちろん俺のことなんて憶えてやいません」

「記憶喪失かあ。俺、生患者見るのは初めてだわ。あの気の強いしっかり者がパニックねえ。記憶喪失だけじゃなくて、少し年齢後退もあるかもな」

だらしなく扉にもたれかかり、ベッドに座り込んでいるシオを眺めている。そう多い症状ではないので、天野も医者として興味深いらしい。

職場では抑え気味にしているらしいが、それでも壮絶な色香のある唇が、不意に貴志の耳に寄せられた。

「外来のヘルプだろ。行って来いよ。その間に俺がシオちゃんとお前の関係、話しとくし」

「……天野さんが、ですか」

「お前とあの子の生活ぶりとか、他人同士で何で一緒に暮らしてるかとか、教えりゃいいんだろ」

しかし、貴志はつい疑わしい顔をしてしまう。どうせ何かまた悪巧みをしているのではないかと思うのは、医大生の頃に知り合ってもう十年近くこの男の狼藉《ろうぜき》を見ているからだ。

史緒は貴志と天野は恋人同士と誤解しているようだが、とんでもない話だ。

昨日のように、飲みに行って酔っ払えば部屋に泊めはするが、キス一つしない。男女を問わない天野の乱交は、相当に恋愛遍歴を重ねている貴志にも手に負えるものではない。

ただ、道徳心の薄い者同士、長いつき合いの間にふざけて体に触れ合ったことくらいはある。天野とただの先輩・後輩以上に親しくしている所以だ。しかし、そんな関係は潔癖な史緒には却って説明し難く、あえて恋人同士という誤解は解かずにいる。

貴志ももちろん人のことを言えた義理ではないが、つまり天野は誠実とは程遠い人間なのだ。病人を預けるにはかなり不安がある。

だから、貴志は眉根を寄せ、拒絶の意味で天野に手のひらを見せた。

「……信用しかねますね。今朝のキスも、どうせ史緒を怒らせようとわざとやったんでしょう」

神経質な史緒をふしだらな行動で刺激して、怒るように仕向けたのは、天野のたちの悪い遊びだ。

だが、胡乱《うろん》な貴志の視線に、天野は心外だと言わんばかりに白衣の肩を竦めて見せる。

「大丈夫だって。史緒ちゃんがシーツに足取られるほど興奮してたのは、俺と朝から喧嘩したせいなんだろ？」

一応俺も反省してるし、と珍しく殊勝なことを言う。

病室を見ると、シオはベッドの上で色彩のない室内を見回して、改めて心細そうに肩を窄《すぼ》めている。普段しっかり者でも、病人となれば勝手が違う。放置するのはやはり可哀想だ。

やや迷ったが、天野に任せることにした。

いくら史緒とは犬猿の仲とはいえ、こんな時にまでふざけた真似はしないだろう。

それに自分達の関係は、確かに天野のような第三者が気楽に、気軽に話した方がいいかもしれない。

「じゃあお願いします。但《ただ》し、俺の性指向のことは黙ってて下さい。ご存知でしょうけど、あいつは潔癖でゲイ嫌いですから。世話する時に気持ちが悪いって騒がれたんじゃやりにくい」

「はいはい」

「それからあいつ今、包帯だらけでろくに抵抗も出来ませんから。おかしな真似は絶対にしないでくださいよ」

厳しい顔で何度も注意を重ねて「はーいはーい」と不真面目な返事を聞きながら、貴志は呼び出された外来へ向かった。

ナースが大慌てで呼びに来た割には、処置室にいた患者の怪我は大したものではなかった。新人ドクターが大出血に怯えて判断を見誤ったものらしい。

後輩医師の無能ぶりを苦々しく思いながら、さっさと止血と縫合を終える。平謝りする後輩やナース達に鷹揚に手を上げて見せた。

「悪いけど、今日はこれで失礼するよ。弟を連れて帰って面倒を見てやらないと。他の先生達には事情は話してあるから」

手際よく申し送りをし、シオがいる病室に戻ると、天野の姿はすでになかった。

シオは掛け布団がくしゃくしゃとわだかまったベッドの上に、人形のようにぺたんと座り込んでいた。

貴志に気づくなり、弾かれたように顔を上げる。

「天野さんはもう、帰ったのか？」

「あの、お仕事があるって、言ってました」

見れば、ベッドサイドにメモが残されていた。

性格の割には端正な文字で、『必要なことは史緒君に全部話してあります。お大事に。天野』と書かれている。

シオはじっと、潤んだ目で貴志を見上げていた。まだ涙が乾いていないらしい。

「シオ？　どうした、ぼうっとして」

「……たかし、さん？」

たどたどしく、貴志の名前を呼ぶ。

正直かなり不安だったが、天野はよほど上手く、自分達の関係を話してくれたようだ。

厄介事が一つ片づいて、ほっとする。

貴志はシオと目線を合わせて、にっこりと笑い、頷いてみせた。

「そう、俺が貴志だ。お前はシオ。俺たちの関係は、天野さんからちゃんと聞いたな？」

「はい……」

「じゃあ、ひとまず俺達が住んでた家に帰ろうか。お前も病院より自分が住んでた場所にいる方が安心するはずだ。もう少しだけ待っててくれ」

救急外来の担当医が作成したカルテにもう一度目を通しながら、熱を測るためにシオの額に手を当てる。シオは目を閉じ、大人しくされるがままになっていた。

「…………」

いったん医局に帰って、このカルテをコピーして、着替えてここに戻る。夕刻に出席するはずだった研究会には、キャンセルのメールを出さざるを得ない。

医者の思考で慌しくこれからの算段をつけていた貴志は、シオがぽわんと上気した顔で自分を見上げていることに、まったく気づかなかった。


焼きそばと肉団子、餃子、八宝菜。

デリバリーで頼んだあまり美味《うま》くない中華で、二人は夕食をとった。怪我人のシオを台所に立たせる訳にはいかないし、貴志も料理などさっぱり出来ない。史緒が来る前は毎日外食していたのだ。

シオはさっきから、やたらと大きな肉団子を箸《はし》でつつき回している。幼児のように握った箸の先で、上から削るように肉団子を千切っては、その欠片《かけら》をちびちびと口に運ぶ。擦り傷を作った右手の甲に包帯を巻いているので、箸が上手く使えないのだ。

貴志は見かねて肉団子を五つほどざっくりと半分に切り分けてやり、箸の先端で半球になった肉の欠片を次々につき刺してやった。

「明日は、お前は一日うちにいるように。俺は病院に行って今日の検査結果を見せてもらって来るから」

「は、はい……」

バーベキューの串のようになった箸を持ち、シオは上目遣いに、おどおどと答えた。

小さな、頼りのない声。

天野から、貴志との関係は聞いているはずだが、史緒がいつもあからさまにしていた敵意などは、何も感じない。

親の敵と聞けば、それなりに悪感情を持つかと思ったが、病状への不安にすっかり怯え切って、そんな余裕もないのかも知れない。

「ここに来て何か気づいたようなことはあるか？　見覚えのあるような物はあったか？」

直飲みしている缶ビールを片手に、何か思い出せそうか、と尋ねてみる。

病院からこの家に戻って、お前は二年間ここで生活していたのだと、扉を開いてあちこちを見せて回った。史緒の部屋に二人で入って、教科書を手に取らせ、学校の制服を羽織らせてみて、これは全部お前のものだと教えてやった。記憶喪失の初歩的なリハビリだ。

しかし、どうもぴんと来なかったらしい。

シオは悲しそうにかぶりを振った。

「よく、わかりません……」

「他人の家にいきなり連れて来られたっていう感じなのかな。俺といても落ち着かないか？」

「…………」

シオは箸を口に咥《くわ》え、必死に考え込んでいる。

頬杖をついてじっと様子を見ていると、緊張するのか頬が面白いくらい赤くなってくる。早いところ回復して欲しいのはやまやまだが、焦らせると却って記憶の回復が遅くなると、シオの担当医に言われているのを思い出した。

「いや、いいんだ。消えてるのは個人的な記憶だけで、日常生活を送るのに支障はない。箸も使えるし、こうやってちゃんと会話も出来るだろう？」

「学校」「制服」「食事」などと言った、生活に必要な概念は、喪失されないままきちんと理解出来ている。

運が悪いと、当然の常識や、言葉の話し方すら忘れてしまう場合もある。記憶喪失の中でも、シオはまだ軽症なのだ。

「幸い学校も休暇中だし、焦る必要は何もない。必ず治る。俺も協力する。ゆっくりいこう」

「……はい」

シオは素直に、小さく頷いた。

心なしか少し安堵したようで、箸につき刺した肉団子に野性児のように喰らいつく。

八宝菜や餃子も食べるようにと、茶碗に盛った白米の上にどんどんのせてやる。いくら医者でも独身男がする食事の介護など、所詮《しょせん》こんな大雑把なものだ。

「貴志さん」

箸を握るシオが、おずおずと口を開いた。頬っぺたに、肉団子の甘いソースがつきっ放しだ。

「あの、俺、毎日ここでどんな風に生活してたんですか？　学校にも、通ってたんでしょう？」

「そうだ。学校に行ったり、勉強したり。家事もしてたから、忙しかったんじゃないかな」

「家事？　俺、家事が出来るんですか……？」

「ああ。料理とか、洗濯とか掃除とか。同居を始めてから、俺があんまりにも使えないからっていつの間にか全部してくれるようになってた」

ホモなんか嫌いだと、毎日きいきい反発しながら。

そこで、シオはここへ来て初めて顔を上げ、貴志と真っ直ぐに目線を合わせた。

あまりにも大きな目に、ひたむきに見つめられて、何となくどきりとしてしまう。

「……俺、家事をして、ちゃんと貴志さんの役に立ってましたか？」

「ああ、すごく助かってたよ。お前がいないと、うちはきっとめちゃくちゃで、俺も仕事どころじゃなかっただろうな」

「そうなんだ……」

シオは俯《うつむ》いて、ぽうっと頬を染めた。どうやら、褒められたことが嬉しいらしい。

貴志は何となく居心地の悪さを感じる。

もともと、貴志には酷い敵意を持っているはずの史緒だ。それが、こうも素直でいられると、何やら子供をたぶらかしているかのようなやましい気持ちになってしまう。

シオは箸を噛んで、もどかしそうに包帯を巻かれた指先を見つめた。

「……早く怪我、治らないかな。記憶も早く戻るといいなあ」

「そうだな、焦らなくていいけど、なるべく早く思い出す方がいいな。学校もあるし」

「えっと、それだけじゃなくて……貴志さんと一緒にどんな風に暮らしてたか、思い出したいから。忘れちゃってるの、すごくもったいないです」

もったいない？　それからなぜか、恥ずかしそうに目線を下げる。

「俺、天野さんから聞いた時、すごくびっくりしました。だって、貴志さんと俺が、こ――」

「……こ？」

「こい…………」

しかしその後の言葉は続かない。

シオはうっと呻《うめ》いて手のひらで唇を押さえる。見る見る間に蒼白《そうはく》になり、椅子から滑り落ちたかと思うと、猛烈な勢いで床に嘔吐を始めた。

「シオ⁉」

いったい何事だ。

慌てて駆け寄ると、床に四つん這《ば》いになったシオは細い肩を激しく上下させて、またむせ返って嘔吐する。咄嗟《とっさ》に指先ですくった吐瀉物《としゃぶつ》を見てすぐに気づいた。肉団子。豚肉。

――しまった。アレルギーか。

「馬鹿野郎！　何で言わなかったんだ！」

怒鳴られたシオはびっくりしたようで、ぐっと唇を嚙むと、これ以上床を汚さないよう、口腔まで戻った吐瀉物を無理矢理に飲み込もうとする。

貴志は怒鳴ったことをすぐに後悔した。

わざと言わなかった訳ではない。シオ自身知らなかった。憶えていなかったのだ。

「怒鳴って悪かった。苦しかったな？」

横抱きに抱え上げて、洗面所まで連れて行く。

胃が食べた物を受けつけず、何度もえづいて苦しがるシオを背後から励まして、喉《のど》に手を突っ込み胃の内容物を全部吐かせた。

肉や野菜の断片が、渦を巻いて水に流れていく。

「寒気は？　湿疹は出てないか？」

Tシャツをまくり上げ、ざっと肌を点検した。食べたものをすぐに吐かせる応急処置が幸いして、それほど症状は出なかったようだ。

水を飲ませると、ひとまず嘔吐は治まった。

貴志は冷や汗を手の甲で拭い、溜息をつく。

「……ごめんなさい」

シオはタイルの上に座り込み、真っ青になって震えている。自分の粗相に酷く怯えた様子だ。

「ごめんなさい、床、汚しちゃった。お肉、甘くておいしかったのに。全部駄目にしちゃった」

「そんなことはどうでもいい。お前の方がびっくりしただろう。吐くだけで済んでよかった。一日で二回も救急車に乗るなんて嫌だろう」

「ごめんなさい、ごめんなさい」

「もういい。お前は何も憶えてないんだから、俺がきちんと気をつけるべきだった」

ごめんな、と頭を撫でてやる。

とはいえ、内心では舌打ちしたい気持ちでいっぱいだった。

ため息をつき、指先で押して眼鏡のブリッジを引き上げる。あの撒《ま》き散らされた吐瀉物の処理はどうしたらいいのか。ただでさえ体のあちこちに包帯を巻いている怪我人なのに、食物にアレルギーがあるとなると看護はいっそう厄介になる。

そういえば、貴志は史緒の好物も知らないし、苦手な物も知らない。

二人で食事をとるのは朝食くらいだったたし、史緒は貴志に構われるのを極端に嫌っていたので、連れ立って美味い物を食べに出掛けたこともない。貴志も、嫌がっている相手をわざとつつき回すほど暇ではない。

とにかく手がかからない子供で、家事は全部引き受けてくれるし、本当に楽だと勝手に思い、完全な放任主義を決めていた。それが今になって災いしたのだ。

史緒が全快するまでの日々を思って、貴志は暗澹《あんたん》たる気持ちで溜息をついた。


シオは自分のベッドの上で、巣に守られた雛《ひな》のように、あーん、と大きな口を開いている。

貴志はいくつもの錠剤を手のひらに乗せ、ガラスコップに注いだ白湯《さゆ》でせっせとシオに飲ませていく。

「これが精神安定剤で、こっちが睡眠導入剤。量をきちんと憶えろよ、俺が言わなくても自分で管理出来るように」

「これ、きちんと飲んだらちゃんと記憶、戻りますか？」

「ああ。きちんと飲めたらな」

シオは、貴志のその言葉に励まされたように、苦い粉薬も文句も言わずに飲み下した。

食事をとらせ、吐瀉物を片づけて。着替えさせて薬を飲ませて。病院から帰ってからも何だかんだとばたばたしたが、シオが寝つけばこれで一応、一日が終了だ。

思えば、史緒にここまで保護者らしいことをしてやったのは、これが初めてかも知れない。

「夏休みが終わるまでには全部思い出せるように頑張ろう。今日は疲れたろうから、よく眠れよ」

「……はい」

電気を消して、おやすみ、とシオの寝室を出た。途端にどっと疲労に襲われて、深い溜息が漏れる。

何はともあれ一服だ、と煙草に火を点けた。

紫煙は廊下の薄暗闇にたゆたい、ゆっくりと流れていく。

夏休み、か。

史緒と初めて出会ったのも、夏だった。二年前の話だ。史緒の母親が亡くなった葬儀でだった。

史緒は東京の下町に住む中学二年生、貴志は卒業した医大の付属大学病院の勤務医になって一年目だ。

貴志の母親は若くして貴志を産み、その後三回の結婚・離婚を繰り返した。並外れて美しい女だったが、頭も尻も軽く、男好きの節操なしときていた。貴志が国家試験を受けた年には、妻子持ちの会社員に手を出した。

それが史緒の父親だ。その不倫のデートの最中に自動車事故に遭い、貴志の母も史緒の父親も二人とも亡くなった。

さらに一年後、夫の裏切りにずっと心を痛め、体を弱らせていた史緒の母親が些細な風邪をこじらせて亡くなってしまった。

訃報を聞いて、貴志は車を飛ばして葬儀場へ向かった。貴志の母と、史緒の両親の三角関係で、貴志に葬儀に参列する義務があったわけではない。元来面倒くさがり屋の貴志は、寧《むし》ろ聞かなかったふりをしたかったくらいだ。

それでも仕事を抜け出して喪服を身につけたのは、中学生の男の子が一人、取り残されてしまったと聞いたからだろう。

やたら暑い日の午後だった。

うらぶれた団地の公民館の、天井が低い和室。そこに棺《ひつぎ》が置かれ、祭壇が設《しつら》えられていた。

痩せっぽちの体に中学校の制服を着て、正座していたのが史緒だ。痛ましいことに、その子供が葬儀の喪主だった。兄弟はいないらしい。

決して顔を上げず、少ない弔問客にも無表情のままほとんど反応しない。骨格が華奢で、むき出しの首筋は痛々しいくらい真っ白だったことを、なぜかよく憶えている。

焼香を終え、出棺の時間が近づくと、棺の傍《そば》にいる史緒を遠巻きにし、大人達が今後の処置について話し合いを始めた。史緒の両親にはややこしい財産も借金もなかったようだが、問題は保護者を失った史緒の処遇だ。

うちは他にも二人子供がいるし、とか養育費が、とか、やっぱり施設に、などと大人たちは自分達の会話が史緒に丸聞こえなのにも気づかず、責任を押しつけ合っていた。

貴志は入り口の壁にもたれ、さり気なくその会話を聞いていた。

あの子――史緒がもしも親戚に引き取られたら、ろくな扱いは受けないだろう。施設に入っても、義務教育が終わればすぐさま社会に放り出される。保護者を持たない未成年がどんな苦労をするか。

問題の多い母親を持って、自力で医大を卒業した貴志には想像に難くなかった。

その時、史緒に向かって歩き出した自分の気持ちが、貴志には今もってよく分からない。

穏やかなのは外見ばかりで、その実他人には基本的に淡白な自分が、どうして血の繋がりもない子供を引き取ろうと思ったのだろう。

ただ、少年の様子があまりにも不憫《ふびん》だったことと、貴志自身も天涯孤独で、この先結婚するつもりがないこともあった。勤務医としての年収と貯金、中学生が成人するまでにかかる養育費を素早く計算すると、そう切り詰めなくても、まああの生活が出来るだろうと確信があった。

「……雪村、史緒くん」

声をかけると、史緒の重そうな睫毛が、怪訝《けげん》そうに何度か上下する。

「はじめまして。お母さんのお葬式の最中にいきなりで失礼だけど、俺も仕事中に抜け出して来たんで、あんまり時間がないんだ」

すっぱりと本題を切り出した。

「君、この先行くところがないらしいな」

「…………」

史緒は何も答えない。好奇心いっぱいの大人達に何度も同じことを尋ねられて、もう答える気力もないようだった。

「俺と一緒に来るかい？」

貴志は何気ない素振りで素性を名乗った。すると、貴志が何者であるかすぐに史緒も気づいたようだ。

「俺と一緒に来るか？　俺も医者になったばかりでそう贅沢はさせてやれないけど、必要な援助は全部するつもりでいる。寝る場所を用意して、学校にも通わせてやれる。腹を空かせたり、寒い思いも絶対にさせない」

ただし、俺はゲイだ。同性を恋愛とセックスの対象にしている。しかし歳《とし》の離れた子供は興味の範囲外だから、その点では君に不愉快な思いはさせない。絶対に、手は出さない。

父親でも兄弟でもない。ただ少し、親同士に関係があった同居人として。

――一緒に暮らそう。

「どうだろう。悪い提案じゃないと思う。このままなら、君は身寄りのない人間として施設行きだ」

だが、史緒は自分の膝を見つめ、畳の上にじっと正座していた。

突然の申し出に、混乱するのは当然だろうと思った。愛らしい、小さな唇からどんなに弱弱しい言葉が零れるのか、貴志は無意識に身構えていた気もする。

しかし、お人形のように大きな目をした可憐な中学生は、やがて凛《りん》と顔を上げ、貴志が予想もしなかった、ふてぶてしい言葉を吐き出したのだ。

「当たり前だろ。それくらいするのが筋ってもんじゃないの？　あんたの母親のせいで、俺は身寄りを全部亡くすことになったんだから。俺を引き取るのは人として当然なんじゃん」

そして、絶句する貴志を真っ直ぐに見据え、つけ加えた。

「ゲイだか何だか知んないけど、俺はそういうのは大嫌い。万一俺に手を出して来たら、容赦なく警察に行くからね」

二年前から史緒は恐ろしく生意気だったのだ。しかも、中学二年生とは到底思えないほどしっかりしていた。

東京の都心にある貴志の家にやって来て、中学生の転入届けも自分で済ませた。

気楽な独身生活で散らかり放題だった貴志の部屋に、最初はさすがに唖然《あぜん》とした様子だったが、それでも時間をかけて居心地よく整え、やがて自分の生活ペースをつかんだようだ。

貴志に泣きついて来ることは一切なかった。

儚《はかな》げで、放ってはおけない、という貴志の第一印象はまったく外れていたということになる。

何でもきちんと自分でする、器用で賢い子供。神経質で几帳面で、毎日ぴりぴりと貴志に反発ばかりしている。それに腹を立てるほど貴志とて狭量ではない。

何より、史緒をそんなに頑《かたく》なにさせているのは、貴志の性指向と、そして貴志の母親が史緒の家庭を崩壊させたせいだと、もちろん分かっていた。

嫌われているのは仕方がない。こちらは鷹揚に構え、一歩離れた場所から、史緒が無事独立していくまで保護者としての義務を果たす。史緒もそんな関係に納得しているはずだ。

そう思いながら、二年間暮らして来た訳だが。

きい、と貴志の寝室の扉が開いた。

遠慮がちに顔を覗かせたのは、枕を抱えたシオだ。寝つかせて小一時間になるが、まだ眠っていなかったらしい。

「どうした？　眠れないか」

「あの……一緒に寝ても、いいですか？」

おずおずとそう尋ねる。

ベッドヘッドにもたれて病院から持ち帰った書類を眺めていた貴志は、眼鏡を外すと咥え煙草で尋ねた。

「ここで寝るのか？」

「た、貴志さんが嫌じゃなかったら、一緒に寝たいです」

一人で眠るのが心細いらしい。

貴志は少し考えて、それから煙草を灰皿で揉《も》み消した。

「別にいいけど、お前、ベッドに入った途端にいきなり記憶取り戻すのはやめてくれよ」

「どうしてですか？」

「人が怪我して弱ってるのをいいことに、何ベッドに引きずり込んでやがるこのエロホモ親父！　って警察に通報されそうだからな」

「お、俺、そんなこと言わないです」

一生懸命な口調で、そう主張する。貴志がゲイという記憶がないからそんなことが言えるのだ。

まあいいか。追い返すのも面倒だ。無造作にタオルケットをはぐと、シオがほっとした顔でベッドにもぐりこんで来る。

一瞬、その柔らかな髪から汗の匂いがした。

今日は温タオルで汗を拭《ふ》いてやったが、明日は風呂に入れてやらなくてはならない。夏場なのが災いした。

シオには言えないが、厄介なことばかりで頭が痛くなる。

「貴志さん、何読んでるんですか？」

英字で書かれた書類を、シオは興味津々で覗き込んでくる。

記憶喪失に関する臨床報告書だ。突発的な記憶喪失は、もともとそう多い症例ではない。文献も外国のものが多い。

「ちょっとした読み物だよ」

「おもしろいですか？」

「ああ、まあまあかな」

「英語が読めるなんて、貴志さんはすごいんですね。お医者さんだし、背も高くて格好いいし、本当にすごいなあ」

端整な顔立ちや、堂々とした物言いに、素直に感心しているらしい。そして全身をぐいぐいと貴志の長い足に押しつけてくる。人肌に安堵するようだ。

書類から目を離すことなく、貴志はその背中を何度か撫でてやった。

……小さいな、こいつ。

セックスの相手とは違う。だが、触れていると何となく切ない気持ちになる。頼りなくて、稚《いとけな》くて、ずっと手を添えてやりたくなる小ささだ。

「……貴志さん」

「何だ」

「貴志さん、あのね」

サイドランプが照らす金色の輪の中で、うずうずと落ちつかなげに、こちらを見上げている。一日ばたばたして疲れているはずなのに。眠ればいいのに、だけどまだ、何かを待っている。

「あのね俺、すごく、してみたい。駄目？」

……何を？

一瞬意味が分からなかったのは、今ベッドの上でねだられている「何」が史緒とはあまりにも結びつきの悪い行為だったからだ。

しかも、それをなぜよりにもよって貴志に求めてくるのか。

書類を手にしたまま呆気《あっけ》に取られていると、シオはがばっと体を起こし、焦《じ》れたようにシーツの上に正座した。

「天野さんがちゃんと教えてくれた。俺が頭打った理由。階段の上で貴志さんと行ってらっしゃいのキスをしてて、背伸びしてた俺がバランス崩して落ちちゃったんだって、ちゃんと聞いた」

「…………」

「びっくりしたけど、やっぱりって思った。貴志さんが病院でぎゅってしてくれた時に、もしかしたらって思ったんだ。だってあの時、すごくどきどきした。今だってそう、貴志さんの傍にいるとどきどきするから」

シオは熱っぽい目で、心臓の高鳴りを堪《こら》えるように胸を押さえている。

……嫌な予感がする。

まさかと思うが、天野はとんでもない爆弾を仕掛けたのではないだろうか。

「俺も一応反省してる」なんてしおらしいことを言っていたが、よく考えたらあの性悪が反省なんて殊勝な真似をするだろうか。

その推測はずばりと当たっていた。

シオは思い切った様子で、その一言を口にした。

「俺と貴志さんって恋人同士なんでしょう?」

だからエッチしようよ、といきなりベッドに押し倒された。


「あいつに、何を言ったんですか」

貴志は剣呑《けんのん》な口調で天野を問い詰めている。

病院裏手にある古びた定食屋だ。病院の食堂で出来る話ではない。

「まさかと思うけど、俺とあいつが恋人同士だなんて馬鹿を言ったんじゃないでしょうね」

「わざわざ聞かなくてももう怒ってんじゃねーか」

天野は面白そうに笑って、本日の定食「えびカツ定食」の味噌汁《みそしる》を啜った。悪びれた様子はまるでない。

無責任で勝手きままな先輩医師に、貴志は心底呆《あき》れ返って怒る気にもなれなかった。

「…本当に、恋人だって言ったんですか」

「言った。エッチもばんばんしてる、ラブラブ熱々の恋人同士だって」

「………」

「みなし児の史緒ちゃんが暮らしてた施設に病院から派遣されて定期健診に行ったお前が、あの子にたまたま一目惚《ひとめぼ》れして、施設から引き取って。それで一緒に暮らすようになったんだって説明したよ」

……また、手の込んだ嘘を……。

つまり、貴志と史緒の両親の関係については、何も話していない訳だ。道理で、シオが貴志に反発もせずに、従順でいたはずだ。

「そんで？　信じてんの、俺が言ったこと」

「信じてますよ。天野さんが言ったことを丸きり鵜呑《うの》みだ。昨日なんてベッドまで押し入ってすることしろって大騒ぎですよ」

「ほんとかよ、そりゃすごい、お前が子供に迫られるのかあ。見てみたかったなあ」

えびカツを摘《つま》んだ箸を片手に、げらげら大笑いしている。

天野は、貴志の学生時代からの恋愛遍歴を、間近で見ているのだ。同性のみを相手にしているだけでなく、史緒には決して言えないような不道徳なことを繰り返して来た。

それが、昨晩は子供に押し倒されて、宥めすかすのに四苦八苦したのだから、おかしいのは当たり前かも知れないが。

「笑いごとじゃありません。医者のくせに、病人を玩具《おもちゃ》にして遊ばないでくださいよ」

「だって、まさか信じるなんて思わなくてさ。嘘つき！　俺はホモなんかじゃねえ！　って怒って暴れりゃ記憶も戻ると思ったのに」

「恋人、なんて絶対的な味方の代名詞でしょう。いくら気の強い子でも、あんな不安な状況にいたら、不自然でも何でも信じるのは当たり前ですよ」

天野にきっちりと苦情を言い立てながら、貴志はふと思った。

――気の強い子、という貴志の史緒への認識は本当に正しいのだろうか。

もしかしたら、シオこそが史緒の本質なのかもしれない。

昨日、一晩同じベッドで眠って感じた。

貴志が何者であるか知らない、素のままのシオは、天真爛漫《うぶ》で、素直で無邪気で恥ずかしがり屋で。言われたことはすべて信じてしまうような初心《うぶ》な少年だった。

ということは、貴志は考えていた以上に史緒に嫌われていたことになる。

両親のことや、貴志がゲイであることで、あの子をああまで攻撃的にするほど、貴志は史緒に嫌われていた。

記憶がないからこそ、史緒の素直な本質が現れ、同性の恋人という言葉を疑問もなく受け入れられたのだ。

「でも一応、俺はお前の為を思って嘘ついたんだぜ？　無関係の他人より、恋人同士だって言う方が看病もしやすいじゃないか。おまけに普段、あの子に出来ないことして楽しめるし」

「普段出来ないこと？」

「恥辱プレイとか？　恋人だって言えば何だって言いなりだろ」

セックスに何ら倫理観のない天野は、にやりと性質《たち》の悪い笑顔を見せる。

貴志は冗談じゃない、と眉を顰めた。

「馬鹿馬鹿しい。あんな子供に何をどうしろっていうんですか」

一緒に眠っていても、欲望を感じるどころか、寝相が悪いシオが腹を出している度にタオルケットをかける世話ばかり焼いていたのだ。

「それに、いくら怪我をしていてもあいつにばかり構ってられません。早いうちにあいつの面倒を見てくれる家政婦か看護人を探すつもりですよ」

「へえー？　お前が面倒見てやんないの？　それって冷たくない？　お前、あの子の恋人な

だ。

「それは天野さんの下らない嘘でしょう。だいたい、俺が働いて稼がなきゃ誰があいつを食わせるんですか」

史緒の保護者は、貴志一人なのだ。史緒を成人するまで不足なく育てるのは、貴志の義務んだぜ？」

それに正直、シオをこのまま看護し続ける自信もない。

今朝は寝坊するし、朝食は食いはぐれ、昨日の夕食の皿さえ洗っていない。部屋は散らかり放題だ。もともと、家事や介護に向いたまめな性格ではないのだ。

史緒にも、医者のくせに大雑把すぎると小言を言われ放題だった。

そう、医者のくせに、だ。

貴志は定食を半分ほど残し、箸を置いた。留守番を命じているシオのことを思うと、気がかりで何となく食が進まない。

「あいつ、アレルギー持ちだったんですよ」

「アレルギー？」

「昨日、豚肉を吐いて大変だったんです。他にもアレルゲンがあるかも知れないから、何を食べさせてやればいいのかもよく――」

「いや、豚肉とほうれん草だけだ。あと猫毛にも弱いから猫に近づけるなよ」

定食を平らげた天野は、満足そうに煙草を咥えて火を点ける。意外なことを口にしながら平然としている天野に、貴志はしばらく呆気に取られていた。

「……どうして天野さんがそれを知ってるんですか？　あいつのアレルギーを」

「だってあの子にアレルギーの検査受けるように言ったの、俺だもん」

「は？」

「去年の年末だったかな。俺が外来担当してる時にあの子が真っ青な顔で内科に来てさ。豚肉食ったら気分が悪くなったってんで、ざっと診察したらどうもアレルギーっぽかったから、血液検査受けさせた。そしたら見事に豚肉がアレルゲンだったのさ」

「何ですか、それ。俺は何も聞いてませんよ」

それに年末だと？　半年以上も前の話じゃないか。その間、史緒はアレルギーを抱えている素振りなどまったく見せなかった。

天野は悠々と紫煙を吐き出し、テーブルに肘《ひじ》をついた。金褐色の髪と相まって、その仕草は不良青年そのものだ。

「あの子に、お前には絶対言うなって口止めされてたから。すっかり忘れてた」

「口止め？　何の為に」

「そりゃお前はあの子の保護者だけど家族じゃないからな。あの子なりに、気を遣ったんじゃないの？」

「気を遣う？　あいつが？　俺にですか？」

「あれこれ聞いてばっかいないで、お前もちったあ自分で考えろよ。手前で引き取った子供じゃねーか」

冷ややかな口調で思い切りよく突き放す。そしてなぜか、勢いよく立ち上がった。

大きく手を振る。

「シーオちゃん！」

ぎょっとして振り返ると、定食屋の開きっ放しの扉の向こうに、なぜかシオの細い姿が見えた。不自由な包帯姿で、よたよたと病院へ続く坂道を歩いていたシオは、驚いた顔で足を止めた。

「……あまのさん」

それからすぐに、貴志に気づいた。

「貴志さん」

ふわ、と嬉しそうに笑って、怪我をした片足を引き摺りながら店内に駆け込んで来る。

天野が短く口笛を鳴らした。

貴志を見るシオの笑顔が、あまりにも素直で可愛かったからだ。

「貴志さん、病院にいるんだと思ってました。よかったあ、会えて」

「偉いなあ、シオちゃん。一人で歩いてここまで来たのか？　暑いのに大変だったろ、二駅分くらい距離あるのに。道ちゃんと分かったか?」

「はい。あの、色んな人に聞きながら来ました。大きな病院だから皆知ってて、すぐに分かりました」

「シオ」

低く声をかけると、シオはびくっと顔を上げた。本当に歩いてここまで来たらしく、汗まみれでTシャツはすっかり肌に張りついている。

今朝出かける時、まだベッドで寝惚《ねぼ》けていたシオには、貴志が帰るまで必ず家にいるようにときつく言いつけておいた。

職場で三日間の休暇願いを出し、気になる患者の申し送りをして、それから天野に話をつける。昼過ぎには帰る予定だから、大人しく待っていろと言ったはずだ。

軽症とはいえ怪我もしているし、ろくに外部のことも分からない状態で、しかもこの炎天下だ。熱中症にでもなったら事だ。

「どうしてここにいるんだ。家で大人しく待ってろって言わなかったか?」

目を眇《すが》め、真上から睨み下ろす長身の貴志には相当な迫力があるはずだ。シオは途端におどおどとし始めた。

「だってあの、貴志さん、お昼までに帰って来るって言ったのに、帰って来ないから……」

「昼までじゃない。昼過ぎだ。勝手なことして、事故にでも遭ったらどうするつもりなんだ。

お前、自分が怪我人って自覚あるのか？」

「……ご、ごめんなさ……」

「コワー。何だよ久保先生、そんなに怒っちゃって」

天野は大袈裟《おおげさ》な大声でそう言って、叱られて青くなっているシオをさっと背中に隠した。

「お前のこと、心配して来たんだろ。そんなにギャーギャー怒ることないんじゃないの」

なあ、と背後のシオに微笑《ほほえ》みかける。

……わざとらしい。

貴志はむっとして天野を睨む。

史緒のことは散々つつき回して嫌われていたくせに。どうやら、天野はシオのことがかなり気に入ったらしい。

シオはおどおどと、天野と不機嫌な貴志を見比べている。

「ごめんなさい。でも約束破ったの俺だから。駄目だって分かってて来たから、俺が悪いです」

「そうか。シオちゃんは素直で健気《けなげ》で可愛いなあ。久保が羨《うらや》ましいよ、こんな可愛い恋人がいて」

天野が殊更強調した「恋人」、という言葉に、シオは如実に反応した。誇らしさと晴れがましさをいっぱいにして、頬を染めている。

何の邪気もなく天野に甘やかされているシオの様子に、貴志は何となく不愉快な気持ちになった。

史緒がアレルギーのことを隠していたと聞いて、その理由が今ひとつよく分からないことも気に入らない。

第一、「恋人」という言葉にこんなに嬉しそうにするシオの様子を見たら、今更「恋人同士なんて嘘でした」などと絶対に言えないではないか。

貴志は溜息をつき、自分の分の昼食代をテーブルに置くと、席を立った。

「先に出ます。天野さん、だらだらしてないでさっさと帰った方がいいですよ。そっちの師長、うるさいんでしょう」

「あれ、お前、医局に帰んないの？」

「今日の午後から三日、休みを取りました。シオのことは、昨日の騒ぎで周知なんです」

「へえー、第一外科って暇なんだなあ。人手余ってるなら若いのとナース、うちに回すよう医局長に言ってくれよ」

「半月も休暇を申請してユーラシア周遊に行った人に言われたくありませんね。行くぞ、シオ」

名前を呼ぶと、シオは元気良く頷き、嬉しそうに「恋人」を追いかけて来た。

店を出て、病院へ続く坂道を並んで歩く。

真夏の昼下がりの日差しは凶暴なほど強い。

シオは落ち着きなく貴志の右と左をくるくると見比べている。どっち側にいる方がより嬉しいだろうかと決めかねているらしいので、建物の涼しい日陰に入るよう、右手を繋いでやった。

「じっとしてろ。人にぶつかる」

「はい」

それから、じっと幸福そうに貴志の横顔を見上げている。

貴志がどんな表情をしているのか。次はどんな言葉を話すのか。相手のことが、気になって気になって仕方がない。

とても分かり易《やす》い愛情表現だ。「恋人」、という言葉を露ほども疑っていない。

常に着ていた鎧《よろい》を記憶ごと脱ぎ捨てた、これがシオの本質。無力で、非力で甘えたがりの子供。

信じられないが、やはりこれがあの史緒が隠していた、本性なのだ。

貴志は汗ばんだ襟元に指を突っ込んでネクタイを緩めた。

「お前、本当に俺のこと、好きか?」

率直に尋ねると、シオは真っ赤になって俯いた。

「す、好き」

「でも俺がどんな人間なのか、お前は全く憶えてないんだろ？　憶えてないのに好きなのか？　第一、男同士で恋人なんておかしいと思わないか？」

「そ、それは……そうだけど」

我ながら意地の悪いことを言っているとは思う。シオはしょぼん、と項垂《うなだ》れてしまった。

「……でも、嬉しかったもん」

シオは小さな声で、だけどはっきりとそう言った。繋いだ手に、ぎゅうっと力が籠《こも》る。

「貴志さんの傍にいると嬉しいもん。昨日も言ったけど、貴志さんと一緒にいると胸がすごくどきどきす――」

シオはそこで足を止めた。

不審に思って見下ろすと、蜂蜜色の瞳は貴志も車道もすり抜けて、その向こうにある洋菓子屋を見つめている。病院のナース達が、ケーキが美味いと絶賛している店だ。

シオの薄っぺらい腹が、くうと音を立てた。

「お前、まさか昼飯まだ食ってないのか？」

「あ…まだ」

「馬鹿だな、腹が減ったら、用意してあるもの適当に食うように言ったのに」

「うん……」

出掛ける前に、近所のコンビニに行って、シオが食べられそうな刺激物が少ない食物を買い置きしておいた。

——その杜撰《ずさん》さも、保護者としては失格かも知れない。

「ケーキ、食いたいのか？」

「う…ううん、別に」

遠慮がちに言って、それでも大きな目は、ショーウィンドウにずらりと並ぶ煌《きら》びやかな洋菓子に向けられている。

貴志は子供の手を引いて、甘い香りがする店舗に向かった。

甘党だったのか。それも、知らなかったな。


史緒の不在からたった二日。久保家の内部はすでに惨憺《さんたん》たるものだ。

廊下にはうっすらと埃《ほこり》が積もり、洗濯所にはタオルや下着が散乱し、キッチンには洗われていない皿が山積みになっている。ポストを見ると、デリバリーを頼んだ中華屋から、使った皿をきちんと出しておいて欲しい旨の苦情を書いた紙が入っていた。

我ながら、自分の杜撰さに溜息が出る。まるで妻に実家に帰られた夫のような情けなさだ。

史緒が見たら「こんなに散らかしてだらしない！　お店に迷惑かけるな！　掃除に洗濯！」

ときいきいと怒って、家中走り回ったはずだ。

貴志は溜息をついてエアコンを入れる。スーツの上着を床に放り出し、散らかり放題の室内を片づけ始めた。

シオは、そういったことはすべて自分がしていたのだと気づいたらしい。巨大なケーキボックスを抱いたまま、慌てて脱ぎっ放しのパジャマを拾い集めた。

「いいよ。お前は座ってろ」

「でも」

少し青ざめた顔で俯いてしまう。

「ごめんなさい。俺、貴志さん迎えに行く前にちゃんと部屋、きちんと片しておいたらよかった。こういうの、俺が全部してたんでしょう?」

「気にしなくていいから。ほら、ここ座ってろ」

「………」

しかし、シオは自分の役立たずぶりにしょげ返っている。

参ったな、と呟いた貴志は、奥の手、があることを思い出した。シオが信じ切っていて今更否定もしにくいその言葉を、耳元でそっと囁《ささや》きかけてやる。

「『恋人』に無茶はさせられないよ。大人しく座っててくれ」

その言葉は想像以上に劇的な効果があった。

シオは目を見開き、頬を一気に紅潮させると、素直に頷き、ダイニングテーブルにちょこんとついた。そして部屋の片づけを続ける貴志を物珍しそうに視線で追っている。

薄々そんな気がしていたが、どうやらシオには、史緒がこなしていた家事の記憶がないらしい。昼食にと用意しておいたインスタント粥《がゆ》も、ガスコンロで湯を沸かす方法が分からずに食べられなかったようだ。

いったい、あの史緒はどうやって、いつの間にあそこまでてきぱきと家事が出来るようになったんだろう。

高校一年生の男子が町内の浄水タンクの掃除当番や、免許証の切り替え時期まで把握していたのは、今考えると、どこかひどく不可解にも不自然にも思える。

「腹減ってるんだろ、ケーキ食っていいぞ。ジュース入れてやるから」

シオに選ばせるのが面倒で、全種類を詰めさせたケーキボックスをばりばりと開いてやる。甘やかな香りが辺りを漂い、シオは伸ばした喉をこくんと鳴らした。

明らかに食べるのを待ちかねていたようだが、遠慮して自分からは言い出せずにいたらしい。

「た……食べていいの？」

「お前が欲しがったんだから当たり前だろ。ほら、どれがいいんだ？」

「えーと、じゃあ苺《いちご》がのってるやつ……」

苺を使っているケーキを、大きな皿にひとつ残らずのせてやると、シオはまずは苺のパイに齧りついて、途端に幸せそうに笑った。

「おいしい。甘くてすっごくおいしいです」

「……そうか。美味かったならよかったな」

あまりにも素直な感想に、何となく、笑みが零れた。

色々と不可解なことが多くてどうにも苛々《いらいら》していたが、一瞬で気が晴れた。自分が買ってやった甘い物を喜ぶ子供、という構図は、単純だがとても可愛らしい。

「貴志さんはどれを食べますか？　俺、お皿に取り分けておきますね」

「いや、俺はいいよ。食べないから」

慌てて制した。貴志は昔から甘いものが苦手で、一切口にしないのだ。

「どうして？　おいしいのに、食べないの？」

シオは不思議そうに首を傾げた。

二つ目のケーキを四、五口で食べてしまい、すでに三つ目に取りかかっている。食欲が好物で満たされて、真っ白な頬が紅潮していく。

「………………」

貴志は、シオが食べているケーキを不審な気持ちで見下ろした。

スポンジケーキにプリンが挟み込まれ、生クリームと苺やブルーベリーでデコレーションされたという空恐ろしい食べ物だ。

どうしても信じられない。本当にこんな甘いものが美味いのだろうか。

ふと思い立って冷蔵庫を開く。蜂蜜のポットを取り出して、シオが食べているケーキの上に垂らしてみた。

「蜂蜜？　どうして？」

「こうやって食うと、もっと甘くなって美味いんだよ」

「ほんとに？」

「本当。ほら、食ってみな。あーん、だ」

蜂蜜をかけたケーキをすくったスプーンを、強引に小さな唇に突っ込んだ。

「んー……」

スプーンを咥え、キャンディのような瞳が、くるくる、と悩むように動く。さすがに甘すぎる、と悲鳴が上がるのを内心期待していたが、シオはぎゅうっと目を閉じて元気いっぱいに叫んだ。

「おいしい！」

嬉々として、もう一口、自分でぱくりと食べる。がく、と脱力する貴志には気づかず、足を上機嫌でぶらぶらさせて喜んでいる。

「おいしいねえ。甘くておいしい。蜂蜜がスポンジに染み込んで、すっごく柔らかいよ。貴志さんはケーキはいつもこうやって食べるの？」

「……ああ、まあそうだな」

「じゃあはい。貴志さんも、あーん」

嬉しそうに、スプーンを差し出して来る。貴志は生クリームに蜂蜜、プリンという凄まじい取り合わせに思わずたじろいだが、自分から言い出した手前、嫌だとも言えない。

仕方なく口にした一口に、脳天を痺《しび》れさせて口を覆っていると、シオが勢いよく顔を上げた。

「あ、そうだ。メモ。メモとっておくね」

「メモ？」

ジーンズのポケットからくしゃくしゃになった紙を取り出す。電話の横に置かれたメモ用紙を、数枚いい加減に千切ったものだった。

「俺、記憶喪失だから。また忘れちゃうといけないから。貴志さんが教えてくれたこと、ちゃんと全部、書いておくんだ」

見れば、飲めと言った薬の量や、教えたコンビニの場所など、貴志から聞いたことをちょこちょことメモしているらしい。そんな几帳面なところは、確かに史緒を彷彿《ほうふつ》とさせる。

「記憶喪失と忘れっぽいのは違うよ。お前はもともと頭がいいから、そんなことしなくても
――」

だいたい、シオのような若年の記憶喪失は、些細なきっかけがあれば短期間で記憶が戻ることが多い。そして、その間の記憶は、憶えていることはそう多くない。記憶を取り戻した史緒は、恐らくシオとして過ごした時間を憶えていない。

蜂蜜をかけてケーキを食べたことも、多分、忘れてしまっているだろう。

しかしシオは、そんなことは知らずにせっせとペンを動かしている。

『貴志さんは、ケーキにいつもはちみつをかける』

……かけねえよ。

けれど、「恋人」の好物をメモするのはとても楽しい作業であるようだ。幸福そうなシオの横顔に苦笑して、今は何も言わずにおいた。

「あのね、貴志さん、今日は俺とエッチするでしょう?」

風呂場のタイルの上の座椅子に座ったシオは、恥ずかしげもなくそう尋ねた。

貴志は聞こえないふりで、ガーゼの上からラップを巻いた患部を避けて、泡まみれのタオルでシオの肌を擦った。

貴志は衣服を着たままでいるので、シャツもジーンズも湿気でびしょびしょだ。

「貴志さん。エッチ、してくれるでしょう?」

あまりにも恥知らずなので、洗面器でごつんと額を殴ると、シオはぎゃっと悲鳴を上げる。

「何でぶつの⁉ 痛いよっ!」

「エッチエッチ言うな。いくら──『恋人同士』でも、親しき仲にも礼儀ありだ」

「……だから、恋人同士だから、エッチ…」

「お前、そんなことより夕食の後の薬、ちゃんと飲んだんだろうな」

「あ……」

飲んでないらしい。

貴志はやや厳しい目でシオを叱りつける。話題がエッチ、に戻らないよう、巧みに、早口に畳み掛けた。

「あ、じゃないだろう。お前の記憶と体だぞ。俺は医者だから手助けはするけど、基本はお前の主体性だ。薬をきちんと飲むのは最低条件だろう」

厳しく叱られてしゅんとするシオの体を抱き上げ、温《ぬる》めに湯を張ったバスタブに浸《つ》からせる。

介護というより、子犬に振り回される新米トリマーのような気分だ。

「それから、一日のうちに何度か自分の部屋に行くこと。制服に着替えてみたり、教科書やノートを見たり、やることはいくらでもある。ちょっとしたきっかけで記憶喪失が治ることも多いんだ」

「うん……」

シオはバスタブに顎を乗せ、上目遣いに貴志を見ている。ふと見れば、浮力で体が浮いて、尻が水面からぷかぷか浮かんでいる。

貴志は一瞬、その尻に釘付《くぎづ》けになった。

小さいが柔らかそうで、さっきシオが嬉々として食べていたケーキの生クリームのように滑《なめ》らかで真っ白だ。両手でつかみ、無理矢理左右に押し開けばさぞ可愛らしい蕾《つぼみ》が覗けるに違いない。

相手が恋人や遊び相手なら、荒々しく足を開かせて、そこに口付けて——。

はっと我に返った。何を馬鹿なことを考えているのだろう。

不思議そうにこちらを見上げているシオを、バスタブから引き上げた。バスタオルで包んで、用意していたシャツを手に取る。

「ほら、バンザイ。ゆっくり腕入れてみな」

包帯が解《ほど》けないよう、ゆっくりゆっくりとシャツを腕に通す。シオは首を傾げた。

「このシャツ、ちょっと大きいです」

「ああ、俺のだからな」

「貴志さんの？」

「大きい方が、包帯と擦れないし脱ぎ着の便利がいいだろ。だぶだぶだけど我慢しろ」

貴志のシャツ、と聞いてシオはすっかりはしゃぎ、風呂の熱気で紅潮した体を無防備に晒《さら》している。さっき湯の中で浮かんでいた尻は、まだほんのりと色づいて、皮を剝いた桃のようにしっとりすべすべとしている。

ボタンを留めていないシャツからは、小さな乳首が覗く。いかにも皮膚が薄く、爪の先で引っかいてみたくなるような桜色だ。それから性器はまだ未成熟で、先端が——。

天野の悪魔の囁きが聞こえてきそうだ。

恋人なんだから、何でも好き放題に出来るじゃないか。どうせ、記憶が戻ったら今の出来事は、きっと全部忘れちゃうんだしさ。

子供は相手にしない、という自分の言葉がぐらぐらと揺らぎそうになる。

「くそ……、冗談じゃないぞ、こんながりがりの子供に欲情してたまるか」

「え？　なに？」

「いや、何でもない」

わざと素っ気なく言って、シオのシャツのボタンをすべて留めた。しかし小柄な体に大き目のシャツだけを着せると、却って扇情的に見えるので困る。

貴志はとにかくシオから視線を逸《そ》らし、ぎこちなく洗濯機に向かった。

「もう寝室行っていいぞ。湯冷めしないうちにベッドに入れ」

「……今日も、貴志さんの部屋に、行ってもいい？」

「今日は仕事があるから駄目だ」

「え、え、で…でも」

「『恋人』だったら」

目を合わせないまま、その言葉を口にする。

「仕事は邪魔しちゃいけないって分かるだろ？　そんなことより、夕食後の薬、ちゃんと飲んどけよ」

まだ抗議しようとするシオを脱衣所から追い出し、洗濯機のスイッチを入れる。

貴志は汗まみれの自分のシャツのポケットを探り、しけた煙草を咥えた。

何か、かなりまずい気がする。

恋人。その言葉の魔法に、貴志もかかりつつあるのかもしれない。


貴志は灯《あか》りを落とした薄暗い寝室のＰＣに向かって、メールの処理をしていた。

休暇を取っている間、貴志の担当患者は他の先輩・後輩医師達が分担して診てくれている。

幸い、まだ急遽病院に呼び出されるような緊急事態は起きていないが、全員がぎりぎり限界まで多忙なところに、さらに負担をかけているのだ。処置方法について報告や質問が届けば、それに一つ一つ、なるべく細かく応じていく。

すべてを終え、やれやれとPCの電源を落とした途端、眠っていると思ったシオが嬉しそうに枕から頭を上げた。

結局、今日も貴志の「恋人」であるシオは、貴志のベッドに潜り込んでいるのだ。

「貴志さん、仕事終わったの？」

思わず舌打ちしそうになった。寝たかと思ったが、しぶとく起きていたらしい。

貴志は曖昧に頷いて、自分もベッドに入った。シオは待ちかねたとばかりに、ぎこちない仕草で膝に乗り上げて来る。

「ねー……」

今日こそは、と期待に潤んだ瞳がこちらを上目遣いで見つめている。

無視していると焦れたように目をぎゅっと閉じて、窄めた唇を寄せて来るので、貴志はシオの額をぐいと押しやった。

「待て。待てストップ」

「どうして？」

「どうしてって、昨日も言っただろ。怪我して包帯を巻いてる相手にどうこうしたいなんて、俺は思わないんだよ」

膝の上から下ろしたが、シオは負けじと再び這い上ってくる。

「包帯が嫌なんだったら、電気消したらいいと思う。そしたら見えないし。エ、エッチって、真っ暗でも出来るんでしょう？」

そんな余計な記憶ばかりは残っているから性質が悪い。それとも、エッチだのキスだの、こういった情報はもはや青少年の本能で忘れようがないのだろうか。

「前はしてたんでしょう？　エッチたくさんしてたんでしょう？　貴志さんって、俺の恋人なんでしょう？」

「だからそれは、まあ……」

「恋人じゃないなら、どうして俺たちは一緒に暮らしてるの？　親子でも兄弟でもないのに、そんなのおかしい」

下手な説明でセックスを拒めば、話はすべてそこへ戻っていく。今更、恋人の話は嘘でした、とは言えない。

それにこのちびミイラは、明らかに口達者になっているようだ。

史緒も、天野には毎回こてんぱんにされていたが、それなりに口は回っていた。基本的に、頭がいいのだ。

「とにかく。いいからもう寝ろ。怪我が治るまでセックスはなしだ。いいな」

「やだ」

「素直に言うこときかないなら自分の部屋に行かせるぞ」

やや居丈高《いたけだか》に脅すと、シオは泣きそうな顔で唇を噛んでいた。だがきっと貴志を睨むと、いきなり腕の包帯の留め金を外し始める。

「あっ！　こら！　何するんだ！」

「包帯なんか外す。包帯が嫌でエッチしてくれないなら、包帯なんかいらない！」

「馬鹿、そんな問題じゃない！　あちこちに包帯を巻くような怪我があるのに無茶は出来ないって話をしてるんだ！」

「やだやだ！　したい、エッチする！」

悪さが出来ないよう、手首をつかんで万歳させるように捕獲する。シオは小猿のようにきい、と叫んで暴れた。

「貴志さん、俺のこと嫌いになっちゃった？」

涙いっぱいの目が、貴志を見上げている。

「怪我したり、ご飯吐いちゃったり、貴志さんに仕事を休ませて迷惑ばっかりかけてるから？そんな恋人はもう嫌になっちゃった？」

「そんなこと、思ってないよ」

「嘘つき！　だったらちゃんとして！　俺のこと、好きだったらエッチして！」

拘束を解こうと、上下に腰を振っている。こういった体位で楽しむことを意図的に示唆している訳ではないのだから困る。

――くそ、勘弁してくれよ。

脳裏に一瞬、ケーキを食べていたシオの姿が浮かんだ。蜂蜜を垂らした白いクリームにまみれていた唇や舌先。脱衣所で見た可愛らしい性器。エッチして、と率直に求めるより遥《はる》かにエロティックで、子供には欲情などしないはずの貴志もかなり、ぐらりと来ている。

もともと、道徳観念が強い方ではないのだ。

だからと言って、シオに手出しをする訳には絶対にいかない。自分達は本当は、恋人同士ではない。史緒にとって貴志は、家族を崩壊させた女の息子だ。

記憶を取り戻したら今こうしてベッドにいる時間さえ忘れてしまうだろうが、貴志と肉体関係を持つことなど、史緒にはきっと許し難いことだろう。

シオは相変わらず貴志の膝の上に乗り、恨みがましい上目遣いでこちらを睨んでいる。

この強情さといったらない。

貴志は溜息をついた。

こうなったら、もう仕方がない。どんなに言い聞かせても納得はしないだろう。

興奮して肩を上下させているシオに、そっと囁きかける。

「分かった。じゃあセックスしよう」

降参だと言うと、単純にもシオは勢いよく顔を上げた。驚きに見開いた目から、ぽろりと涙が零れる。

貴志はその涙を唇で拭ってやり、そそのかすように悪どく笑いかけてやる。

「だから、まずはキスしようか」

「キ……キス？」

「そう。セックスは、いつもキスから始めてたろ。そんなことも忘れたのか？」

小さな後頭部を手のひらで押し包み、抱き寄せた。

「ん………っ！」

いきなり唇を重ねると、シオは一瞬きつく体を強張《こわば》らせた。強烈な誘いをかけて来た癖に、いざ応じると途端にびっくりしたような顔をする。

「……ふ…」

何度か啄《つい》ばんでいるうちに、柔らかな感触が心地よくなったらしい。

頬を染め、うっとりと目を閉じている。

「ん、ん……」

シオをキスに夢中にさせながら、サイドチェストから貴志自身も時折使う飲み薬が入った薬袋を引っ張り出す。錠剤を一つ取り出し、素早く口に含んだ。

「………う、ん………っ」

「……口、少し開けてみな」

「ん……っ？」

息継ぎの隙に、舌に乗せていた錠剤を、口移しでシオに飲ませる。喉が上下するのを確認して顔を離すと、シオはさすがに不審そうな顔で首を傾げた。

「……今、何か飲ませた……？」

「いや、何も」

「うそ、何かごくって飲み込んだよ」

「気のせいだよ」

適当に言い逃れて、もう一度唇を重ねる。もう何も追及出来ないよう、舌を絡め、濃厚なキスで惑わせる。

こめかみに、髪の生え際に、耳たぶに唇を移す。肌理《きめ》が細かくてすべすべしている。つい夢中になりそうだ。

「んー……」

やがて、シオの頭が、ぐらぐらと前後に揺れ始めた。今、黙ってこっそりシオに飲ませたのは、少し効果が強い睡眠導入剤だ。

我儘な子供はとにかく黙らせるに限る。

「………ん、あ……？」

酷い眠気を覚えて倒れまいと、貴志のパジャマの肩を必死になってつかんでいる。その指先を手に取り、口づけた。

薬の効果がより強まるよう、低い声で暗示をかけていく。

「ほら、眠いだろ？　もう我慢できないはずだ」

「いや――…、エッチ、す、る――……」

「いいからそのまま寝ちまいな」

「………」

一気に脱力して後ろに引っくり返った体を、さっと抱き止める。後頭部を支えてやり、見ればシオはあどけない顔をして寝息を立てていた。

子供なんて、本当に他愛ないものだ。

微笑して、なるべくシオの体に触れないよう、タオルケットで包んでやる。大人の欲望は一切黙殺して、貴志もシオの隣で眠りについた。

焦げ臭い匂い。

貴志は眉を寄せ、枕から顔を上げた。

「……シオ？」

腕の中の空白が、何か心許《こころもと》ない。

どうやら、無意識のうちにシオを抱いて眠っていたらしい。しかし、ベッドの上にシオの姿はなかった。

不審に思って階下に降りると、見慣れた少年が朝日が満ちるキッチンに立って、フライパンを使っていた。

驚いた。

記憶が戻って、史緒が朝食を作っているのかと思ったが、シオは振り返るなり、情けない顔で貴志に泣きついて来た。

「……貴志さん、卵が引っくり返らない」

フライパンを覗き込むと、薄焼き卵の縁が黒く焦げてしまっている。初心者なら目玉焼きから挑戦するものなのだろうが、わざわざワンランク上のものを作り始めてしまったらしい。

貴志自身料理をろくろくしないのでよく分からない。

「火が強過ぎるんじゃないのか？　フライ返し貸してみな」

フライ返しを取り上げて、焦げついた卵をがしがしとフライパンから引き離す。換気扇も回していなかったので、もくもくと上がった煙は部屋中に充満していた。

だぶだぶのシャツを着て、首筋や鎖骨を覗かせているシオは、自分の失敗にすっかりしょげ返ってしまっている。

「俺、貴志さんに朝ごはん、作ってあげたかったのに…おいしい、卵料理と……サラダ……」

史緒が貴志の朝食にと作っていた定番メニューだ。その記憶が、うっすらとシオの中に残っているらしい。朝、目を覚ましたらまずはキッチンに立たなくては、と気持ちばかりを焦らせたようだ。

その行動に、何か微笑ましいような、痛ましいような気持ちになって、貴志はシオの頭を撫でてやった。

「馬鹿だな、俺の朝飯なんか適当にするからどうでもいいよ。そんなことよりお前、火傷《やけど》なんかしてないだろうな」

「……うん」

「だったらいい。お前がせっかく焼いてくれたんだから、卵は俺がちゃんと食べる。だからもう気にするな。分かったな？」

悲しそうに伏せた睫毛に、涙が溜まっている。

それがとても可哀想で、ほとんど無意識のうちに貴志はそこに唇を押しつけていた。その行動は思いの外、自然なことと思えた。塩っ辛い雫を舐め取ると、恋人そのものにするように額にもキスする。

フライパン片手にはっと我に返ると、シオは真っ赤になって、ぽやんと貴志を見上げている。

「……たかしさん」

自分の思わぬ行動に、バツの悪いものを感じる。貴志はコンロに向き直って、シオに素っ気なく声をかける。

「……ほら、朝飯にしよう。飲み物は何がいい？」

恋人、か。どうにもその甘ったるい言葉がまずい。それとも、昨晩シオに感じた欲望に、まだ惑わされているのか。

シオは確かに可愛い。何の邪気もなく、無心に貴志を好きだというシオに、貴志は不思議な愛情をはっきりと感じ始めている。

「お前は昨日のケーキの残り、食べていいぞ。トーストがいいならセットしてやるから」

「ううん、ケーキがいい。ケーキ食べる」

シオは、今の慰めでどうにか機嫌を直したようだ。冷蔵庫から昨日の巨大なケーキボックスを引きずり出している。たくさん買ったので、まだ半分ほどケーキが残っているのだ。蜂蜜のポットももちろん一緒に用意する。

「ケーキは好きなの食べていい？」

「ああ。もう全部食べていいよ」

「また蜂蜜かけて食べるね」

「……お前の好きにしていいよ。俺はもう、いらないから」

「どうして？　後になって食べたかったって言っても知らないよ？」

どうして、どうして、と不思議がるので、かなり適当な言い逃れを口にする。

「朝は甘いものを食べないことにしてるんだ。特に仕事の前なんか、血糖値が上がり過ぎると気が散るからな」

「そうなんだ。貴志さんは、朝はケーキは食べないんだ」

生真面目に復唱して、それからシャツのポケットを探ったり、テーブルの下に潜り込んだりと挙動不審を繰り返している。

どうやら昨日までつけていたメモ紙が手元からなくなってしまったらしい。

貴志は焦げた苦い卵焼きをコーヒーで何とか流し込む。自分でもどうしてこんな苦行を引き受けているのかさっぱり分からない。

「あれ？　どこやったんだろう………俺のメモ、大事なことたくさん書いていたのに。朝は貴志さんケーキは食べないってちゃんと書いておかなきゃいけないのに」

四つん這いになったシオがあちこち動く度に、貴志のシャツの裾が真っ白な太腿の辺りで揺れるのが目につく。

仕方なく窓に視線を移すと、まだまだ強い八月下旬の日差しが眩《まぶ》しい。中庭の庭木は青々と茂り、緩やかな風を受けて揺れていた。日中は、さぞ暑くなるだろう。

冷静な自分を取り戻すために、やや憮然《ぶぜん》とした口調で、医者としての一言を口にする。

「いいよ、メモなんかとらなくても。記憶が戻ったら意味ないだろ」

「……え？」

テーブルの下から、シオが当惑したように顔を覗かせた。

「記憶が戻ったら、お前は今あったことは全部忘れる。なかったも同然だ。メモを残したこと自体忘れるんだから、お前が今、あれこれ何かを覚えようと頑張っても意味はな――」

貴志ははっとした。シオは四つん這いのまま顔を強張らせて青くなっている。いつか言おうと思っていた事実ではあるが、自分が酷く無神経な言い方をしたのだと貴志も気づいた。

「なかったも同然って？　元の記憶が戻ったら、今のことは全部忘れるの？　消えちゃうの？」

シオは今の貴志の言葉を聞いて、史緒の記憶が戻れば、自分の存在が消えてなくなるかのように解釈したのだ。

貴志は、自分の軽率な発言にひやりと胸の底が冷えるのを感じる。

「消えるんじゃない。元に戻るだけだ。お前は最初から、お前自身なんだから」

テーブルの下から引っ張り出して、向かい合うように膝の上に座らせた。馬鹿だな、と言葉を重ね、頭を撫でてやった。

「お前はお前だ。記憶があってもなくても、雪村史緒以外の誰でもない。言い方が悪かったな、謝るよ」

「…………」

それでもシオは泣き出しそうな顔で俯いている。また忘れる、という言葉は、記憶喪失のシオにはそれだけ衝撃的だったということだ。

大好物のケーキを前にして、あの満足そうな、上機嫌の笑顔は可哀想なくらい萎《しぼ》んでしまっていた。

「シオ？　ほら、ホットミルクだ。蜂蜜を入れてあるから甘くて美味しいよ」

そう言って、元気づけるようにホットミルクが入ったマグカップを差し出す。滑稽《こっけい》なほどのご機嫌取りだが、青ざめたシオの顔を見ているとつくづく自分の発言が悔やまれる。

シオは小さく頷いて、スプーンを手に金粉がかかったゴージャスなモンブランを崩し始めた。

そういえば、確かに史緒の記憶が戻れば、貴志の「恋人」はこの世から消えることになる。

もう、このちびミイラに寝込みを襲われることも、大好き、と笑いかけられることも、なくなるわけだ。

シオの為にとった休暇はあっという間に過ぎていった。

一緒に食事をし、風呂に入って、スーパーマーケットに行ってはシオが欲しがる甘いお菓子を買ってやった。史緒の記憶は戻る兆候はなく、シオは臆面もなく貴志のことが好きだと繰り返し、一時も離れたがらずくっついて回っていた。

一緒に暮らす本物の恋人同士。その笑顔は本当に幸福そうだった。

それでも貴志は、シオが時々、ぼんやりと俯いているのを何度か見かけた。メモももう、つけてはいないようだった。

ただ、セックスだけは必死になって求めて来たので、それには仕方なく、睡眠導入剤で対応した。

「雪村史緒君、じゃあまず内科検診からね。一緒に行きましょうか」

病棟の白く長い廊下に、時折、院内放送のアナウンスが低く反響する。その廊下をナースに連れられて、シオは内科の診察室に向かっていく。

一度立ち止まって不安そうに振り返ったが、大丈夫だと頷いてやると、再び歩き始める。

シオは今日一日、貴志が勤めるこの病院の内科で検診を受け、その後は脳外科でＭＲＩを撮ることになっている。その後は記憶の回復を促す治療や療法が続く。長大な待ち時間の間に、貴志も白衣を着て外科の医局で仕事をしていられる。

「どしたの、あの子元気ないじゃん」

傍らに立つ天野は、夜勤明けなのか、今日は眼鏡をかけている。色の抜けた髪は、相変わらず無造作に一括りにされている。

「いえ……気のせいでしょう」

「ついにやっちゃった？　体の怪我も治りかけてるし、記憶ももうじき戻りそうだもんな。やっちゃうなら今しかないもんなー」

気のせいだと言っても聞きやしない。

それ以上、ややこしく追及されないよう、久々に勤める医局に行くと、いきなり仕事に忙殺されることになった。

担当医が休んでいても、病人は待ってくれない。診断や外科的な処置が滞ることはまずないが、それでも事務的な書類は休暇の日数分だけきっちり溜まっている。

それに迷惑をかけた教授や他の医師への挨拶と、担当患者の申し送りを受ける。

ミーティングを終えて再び医局へ戻ると、デスクの上に美しい木箱が置かれていた。和菓子の包みだ。

蓋《ふた》を開けると、小さなビニールに包まれ、絹糸で封をされた色とりどりの金平糖が十包みほど並んでいる。

「これは？」

背後の新人ナースに尋ねると、一週間後、貴志が手術を受け持つ予定の患者の家族がよこしたものだという。

「ご実家が金平糖屋さんなんですって。可愛いですよね、色んな色があって」

新人ナースは、医者もナースも患者からいかなる物品も受け取ってはいけない、というルールをまだよく知らないらしい。

それでも貴志はキャンディにも似た砂糖菓子が物珍しくて、一包みを手に取った。

「金平糖か。色んな色があるけど、美味いのかな」

「色は見栄えのためのものですから、食べるとお砂糖の味しかしないんですよ」

「そうなのか。じゃあこんな刺々《とげとげ》しいの、どこが良くて食べてるんだ？」

「あら、このとげとげが可愛いんじゃないですか」

ナースはころころと笑った。棘《とげ》が可愛い。そういうものなのか。

何となく、笑みが浮かんだ。史緒のことを思い出す。

そこにたまたま、外科の師長が通りかかった。第一外科のナース達を取り仕切る彼女は、お菓子の包みをもちろん見逃さない。

のしのしと近づいて、金平糖が入った木箱を取り上げた。

「誰ですか？　こんな物を受け取ったのは」

「あ、あの私です。患者さんからいただいたんですが、いけなかったでしょうか」

「まあぁ、あなた研修で教わらなかった？　お菓子だなんて言ってね、中にお札でも入っていたら後で問題が起きた時にお困りになるのは、私達じゃなくてドクターなんですよ」

がさがさと金平糖を退け、木箱の一番底を探ったが、師長が考えていたものはそこには入っていなかった。

「あら……、本当に金平糖だけだわ」

「師長。その金平糖、いくつかもらっていいですか」

貴志が成り行きを見守っていたのは、師長が探していた現金の束が惜しかったからではない。無造作に机に放り出された金平糖の包みが気になったのだ。

「あら、先生が召し上がるの？　金平糖をですか？」

「ええ、少し珍しいものですから」

言葉を濁して、白とピンクの欠片が詰め込まれた包みを受け取る。

内科に連れられて行くシオに、元気がなかったことが気がかりなのだ。検査を終えたご褒美だと、後で手渡してやればきっと喜ぶだろう。

金平糖の包みを大事に白衣のポケットにしまう貴志に、師長もナースも、興味津々だ。後で、貴志に彼女が出来ただとか、結婚するのだろうかとか、色々口さがなく噂されるのだろうが、まあ仕方ない。

その時、いきなり医局の扉が乱暴に開けられた。

「久保!」

白衣の裾を翻し、内科でシオの検診をしているはずの天野が駆け寄って来る。

「久保、シオちゃんこっちに来てないか?」

「え?」

「悪い、検査の最中、目を離したらいなくなった」

意味が分からず、貴志はしばしその場に立ち尽くした。また何かの悪ふざけだろうかとも思う。しかし、滅多《めった》に見られない天野の真剣な様子に、それが冗談ではないことが分かる。

「いなくなった? 内科からですか?」

「この病院からだ。内科総出で探したけど、どこにもいない。青い検査着を着たまま、院内から消えちまった」

消えたという言葉に心臓が凍りついた。内科に預ける時の、シオの頼りなげな眼差しを思い出す。院内で迷子になるはずもない。シオは自分で逃げ出したのだ。

けれど、なぜ?

突然のことで呆然《ぼうぜん》としている貴志の前で、天野は次々と手を打っていく。いつもはへらへらしているが、彼の動きは常に迅速だ。

「とにかく院内放送をかけてもらう。久保、お前は思いつく場所あったら教えて」

貴志はそれに答え、後は白衣を脱いで医局を飛び出し、自分の車を停《と》めている駐車場に向かった。

車を停め、自宅のカーポートから飛び出すと、途中から降り出した強い雨に全身がずぶ濡《ぬ》れになる。

携帯電話に天野から連絡があり、院内にはやはりシオの姿はなかったという。引き続きの捜索は天野らに任せて、貴志は自宅に戻ったのだ。もしかしたら、シオはここに帰っているかもしれない。

「シオ！　シオ！」

家中を探し回り、最後に史緒の部屋に入った。六畳の洋室に灯りは点いていない。人の気配もない。

貴志は長く息を吐き、濡れた体のままベッドに座る。

暗い窓の向こうからざあざあと雨音が聞こえる。それは何とも、貴志を不吉な気持ちにさせた。

「……くそ、どうして……！」

拳《こぶし》で、思い切りシーツを叩いた。

なぜだ。病院で何か逃げ出すほど痛い、怖い検査があったのだろうか。

いったいどこへ行ったのだろう。あの子には、ここ以外に行く場所などないはずなのに。まだ怪我も治り切っていない。あんな状態でまた事故にでも遭っていたらと思うと、ぞっと寒気に襲われる。

何か、行く先のヒントになる物はないだろうかと、クローゼットの衣服を引っくり返す。神経質な史緒のプライバシーを考えて、貴志は一人ではこの部屋に入らなかったし、シオといる時も極力、あちこちを見ないようにしていた。だが、今は場合が場合だ。

机の引き出し一つ一つを開き、書架のノートを何冊かめくってみる。A4サイズのノートはすべて、学校の授業で使うものばかりだ。それから教科書に参考書。

賢く生真面目《きまじめ》な高校生の机。特異なものは何もない。

溜息をついて、その場に立ち尽くした。そこでふと、貴志は一冊のメモ帳に目を留めた。A4サイズのノートに混じって、一冊だけB6サイズのやや厚みのあるノートが書架に立てかけられている。しかも、異様に目立つほど使い込まれている。

手に取り、数枚めくって貴志は目を見開いた。

「何だこれは……」

日記とも呼べない、メモのようだった。シオが何とはなしにつけていたメモとは違う。びっしりと横書きの文字が、緊張感を感じさせるほど整然と並んでいる。

料理
フライ
住まいを守
おそうじ術

「外科医の帰りは遅い」

一ページ目はその一文から始まっていた。

「十二時前には絶対帰って来ないから、夕食は作る必要はない（よかった。こった料理とか出来ないし）。夜勤の日はあらかじめカレンダーにつけておいてもらう。シャツは絶対に清潔なものを。お医者さんの命だから」

貴志の平日の深夜帰宅、朝起きる時間。朝食は、どんなものを出せばいいか。

「朝食は、卵とサラダと、日光ブレッドのパンを毎朝買って来ること」

コーヒーの分量。煙草、ビール、ウィスキーの銘柄。好きな衣類のブランド。それはとても丁寧に、懸命に書き連ねられていた。

貴志に関する覚え書きだ。

それから書架の奥を探ると、およそ男子高校生には相応《ふさわ》しくない、料理や掃除など、家事の手引書が何冊も出て来た。特に料理の本の卵料理の欄は相当読み込んであって、あちこちに醬油《しょうゆ》がついたり、小麦粉が飛び散っている。

この二年間ほぼ毎朝、史緒は何らかの卵料理をテーブルに並べていた。

貴志は愕然《がくぜん》とした。自分の鈍さにだ。

シオがなぜ、家事が出来ないのかやっと気づいた。とても簡単な理由だ。

もともと、史緒は家事が得意ではなかったからだ。

二年前、この家に初めて来た時、史緒は散らかり放題の室内を見てぽかんとしていた。怒った様子も呆れた様子もなく、実家から持って来た小さな荷物を抱いて、ただ所在なく立ち尽くしていた。貴志はその日も仕事で忙しく、家に史緒をおいてさっさと病院へ出た。その後も、生活費と小遣いだけを渡して、史緒の好きに過ごさせていた。

だから、貴志は史緒が何を考えてこの家で生活していたのかまったく知らない。

いったい、いつからだったろう。

朝に、卵料理と新鮮なサラダが用意されるようになったのは。貴志の好みの味つけで、コーヒーの濃さは前日の帰宅時間によって微妙に変えられていた。

煙草も酒も切らされることはなく、寝室のシーツは毎日取り替えられていた。

あまりにも心地よかったので、それがいつからそうなったのか、貴志はどうしても思い出すことが出来ない。

けれど思えば、史緒がこの家にやって来たのは十四歳の時だった。今もやっと十六歳だ。

年齢から言って、家事など出来るはずがない。

それでも、史緒は必死になって家事を覚えたのだろう。こっそり貴志の嗜好をメモにとり、料理の手引書を読んで。

それは、あまりにも急いで、慌てて身につけた脆弱《ぜいじゃく》な記憶だったから、頭を打った拍子に簡単に消えてしまったのだ。

何がそうさせたのだろう。何がそこまで、あの子を必死にさせたのだろう。

家事が出来なければ、貴志の役に立たなければこの家から追い出すとか、そんな脅迫めいた言葉を一度も言ったことはなかったはずだ。

「恋人」

思いも寄らない文字を見つけて、貴志は行き過ぎたノートのページを繰る。

「天野さんは、貴志さんの恋人」

小さな小さな文字で、そう書かれていた。他の文字がしっかりと力強く書かれているのとは対照的に、囁き声で言い聞かせるような、頼りない文字だ。そしてその後に、さらに小さな文字が続く。

「貴志さんは、俺みたいな子供は相手にしない」

貴志は堪《たま》らなく痛ましい気持ちでノートを閉じた。

二年間も一緒に暮らしていたのに、一番の根幹で、自分達は何かが完全にすれ違っていたらしい。

こんな時になって、貴志はようやくそのことに気づいたのだ。

「警察に捜索願いは？」

「出してます。だけど積極的に探してくれる訳じゃないですから、こっちで動くしかないですね」

勤務時間を終えて、病院から直接この家にやって来た天野は、リビングのソファについている。周囲にシオの包帯や薬の束が散乱しているのを、呆れたように指ですくい取る。

そしてローテーブルに置かれていた写真立てに気づいた。

「これは？」

「あいつの両親です。二年前と、三年前に立て続けに亡くなった」

史緒の中学入学時に撮影したものらしい。中学校の校門の前で、品のいいスーツ姿の夫婦と、今よりいっそう幼い史緒が並んで映っていた。

「ふーん、史緒ちゃんは母親似だな。目が大きくて色が白い。それで？　どこから持って来たんだ、これ」

「史緒の部屋から。警察に渡すあいつの写真を探してたら、クローゼットの奥にその写真立てがおいてありました」

貴志はコーヒーを淹れ、天野に手渡す。荒れ放題のキッチンの惨状は、もう見ないようにしている。

「俺に気を遣って、自分の部屋にも堂々と飾らなかったんです。それぞれの命日も、位牌を預けてる寺に一人でおまいりしてたみたいですね」

「しっかりしてるなあ。親の命日なんて、俺もときどき忘れそうになるけどな」

「まだ親がいて当然の年齢だから、余計に几帳面になるんですよ。俺どころか親戚にも頼らないっていうのはどうかと思いますけど」

だけどどうせ、憶えてなんかないだろうし。

貴志は忙しそうだから、余計な面倒もかけられない。そう思っていたに違いない。

史緒は常に貴志に遠慮していたのだ。強気な、生意気な言動の裏側で、貴志に迷惑をかけないよう、必死でいた。

「あいつが階段から落ちて、記憶を失くした日——あれが、あいつがこの家に初めて来た日だったんです、二年前に。去年も大きな手術が入っててそれどころじゃなかったけど、今年も完璧に忘れてました」

「いいんじゃないの、子供でもあるまいし、同居した記念日を忘れることくらい、どうってこと……」

それから天野は目を閉じ、肩を竦める。

あの朝、史緒がいつにも増して不機嫌だったことを、天野も憶えているのだろう。

「なくないんだろな。まだお子ちゃまだもんな、あの子。鬼だなお前、保護者失格だ」

「わざわざ言わなくていいです。俺も分かってますから」

斟酌《しんしゃく》しない天野の物言いに、貴志もいつにない罪悪感を覚える。あの朝、何か言いたげだった史緒の表情が、脳裏から離れない。

ところが貴志はあの日の日づけさえ意識もしていなかった。夏休みの小遣いをねだられているのだと勘違いして、紙幣を取り出してさえ見せたのだ。天野に言われるまでもない。最低の保護者だ。

同居を始めた日づけくらい、憶えていてほしい。だって一緒に暮らしてるんだから。そんな風に、自分からは言い出せない子供の強がりなど、どうあっても見抜いてやるべきだったのに。

「ま、仕方ない。あの子も、自分から甘えたことを言えるほど素直じゃないし。お前だって子育て上手の父親って訳じゃないんだから」

天野は横に顔を向けたまま、煙草に火を点けた。いつも通りの軽やかな仕草だが、その言葉は鋭いナイフのように真実をむき出しにする。

「アレルギーのことにしてもそうだ。お前の負担になりたくなくて必死だったんだろ。そのくせ非力で、詰めが甘くてこんな事態で簡単に秘密がばれちまう」

「…………」

「お前って、どうなの」

不意に問われて、貴志は目を上げる。

天野は長い足を組み、唆《そそのか》すような表情で貴志を見ていた。挑発。

事態の収拾に手を尽くしてくれる一方で、貴志の気持ちを攪乱して、楽しんでいる。

「被保護者がそんな素直じゃない、可愛げのない性格で面倒だと思わないか？　記憶喪失にまでなってさ」

セックスを楽しめるならともかく、と嘯《うそぶ》いて、ゆったり紫煙を吐き出した。

「もしかしたらこの先、もっとややこしい問題を起こすかも知れない。もともと扶養の義務なんかないんだから、放り出したきゃすぐにでも出てけって言ってもいいと思うぜ」

「……犬猫じゃあるまいし、一度引き取ったものを放り出せる訳ないでしょう。だいたい、あいつが身寄りを亡くしたのは俺の母親のせいなんですから」

「ふうん？　でもお前は多分――」

天野は恬淡《てんたん》とした表情で煙草を揉み消し、それからいきなり意地悪く微笑した。

「それほど誠実な人間じゃないと思うけど」

そして立ち上がって、ジーンズに下げていた携帯電話を取り出した。

「メール。呼び出し入った。入院患者に緊急発作、病院帰るわ」

言いたいことを言い捨て、玄関を出、天野は大胆に路上駐車していた４ＷＤの大型ジープに乗り込む。運転席のウィンドウを下ろし、豪快にエンジンをふかした。

「シオちゃんが見つかったら、俺の携帯に電話して。戻る時に、一応辺りの国道を回って来る」

天野のジープが遠ざかって行くのを、貴志は雨の中でしばらく眺めていた。


玄関に帰ろうと踵《きびす》を返して、かさかさと庭木が揺れる音を聞いた。まさかという思いに、テラスを迂回《うかい》して庭に入って行く。

雨水を葉に含んだ樹木が囲む湿度の高い場所を過《よ》ぎり、貴志は思い切り脱力した。

「……シオ？」

雨の下、シオは庭の一角に植えられた朝顔の前に、膝を抱えてしゃがみこんでいる。病院で出された検査着を着たままだ。

病院から抜け出して、この家に戻ってここでずっと雨に打たれていたらしい。

髪から頬へ、雫がぽたぽたとひっきりなしに滴り落ち、水が染み入った青い検査着は、華奢な骨格がはっきりと分かるほど濡れて肌に張りついている。

「シオ、こんなところで何やってる？　どれだけ捜したと思ってる」

気が遠くなるような安堵と同時に、死ぬほど心配させられた憤りを感じる。

貴志は足早にシオの背後まで向かった。しかし、ほんの数メートル手前で足を止める。

貴志の声が聞こえたはずなのに、シオは微動だにしない。今朝咲いて、もうしおたれた朝顔を見つめる素振りで、背中で貴志に訴えていた。来るな。こっちに来るな。

シオの無反応は、貴志への強烈な拒絶だった。だが、雨に濡れた子供を放っておける訳がない。

「……シオ、何やってるんだ」

「……朝顔、見てるだけ」

「次の蕾は明日の朝にならなきゃ咲かないよ。おいで」

「嫌です」

「シオ」

膝を抱く腕が小刻みに震えているのを見て、痛ましい気持ちになる。

なぜシオが病院を抜け出したのか。考えてみれば、簡単に分かることだった。

「シオ、悪かった。俺が無神経だった」

そう告げると、朝顔を凝視する大きな瞳から、もう堪え切れないというように、一粒、二粒と雨に混じって涙が零れ落ちる。

「俺が悪かった。この前の朝、俺がお前を不安にさせるようなことを言ったから、病院で検査を受けるのがもう嫌になったんだろう?」

お前は消えていなくなる、などと言われて危機感や不安を感じない人間はいない。シオが記憶を回復するための検査や治療を拒絶して、病院を抜け出したのは当然だった。

「…………」

「シオ。謝るから、家に入ってくれないか。そのままだと傷にも良くないし、風邪をひく」

けれどシオは決して立ち上がろうとしない。強引に腕を引くと、地面に手をついて俯いたまま、絶対に嫌だとかぶりを振る。

「シオ」

厳しく叱ると、違う、と呟きが聞こえた。

「違います。病院から逃げたの、貴志さんのせいじゃないです。だって病気や怪我を治さなきゃいけないのは当たり前だと思う。貴志さんは、悪くない」

ますます雨は強くなる。雨音は、硬い樹木に何重にも反響し、シオの声は今にもかき消されてしまいそうだ。

「ただ、だんだん、悲しくなっただけ」

「……悲しい？」

「……俺が、消えるっていうこと。一緒にケーキ食べたこととか、焦げた卵焼き食べてくれたこととか。俺が忘れたくないそんなことは、貴志さんはどう思ってるかなって」

「…………」

「貴志さんにはどうでもいいことなのかなって」

つかんだ指先は、冷え切っていた。

「貴志さんはそういうのはどうでもよくて、早く、早く前の俺に戻って来て欲しいんだ。貴志さんは、すぐにでも俺の記憶が戻った方がいいって思ってるよね？　ずっと一緒に暮らして、家事でも何でも出来る俺の方がいいよね？」

涙と、雨にびっしょりと濡れた顔が、不意に貴志を見上げた。

「怪我して、家事も出来ないで、貴志さんの為に何もしてあげられない。そんな俺は、貴志さんは嫌いだよね。いらないよね？　エッチもしてくれない。家事が出来る史緒に、早く戻ってきて欲しいんだよね」

「…………」

「俺なんかいらないでしょう？」

貴志と一緒に過ごした記憶がなくて、包帯だらけで、だけど以前のお前は家事が出来るしっかり者だったと聞かされて、シオはどうやら史緒に対して強烈な劣等感のようなものをもっていたらしい。そして、史緒に貴志を渡したくない、という複雑な独占欲を感じていたのだ。

いなくなって、ほっとしたなんて思われるのは嫌だ。いらない、と思われたくない。必要とされたい。

史緒が家事を覚えたのも同じ理由だろうか。

この家に来て、貴志が家事が苦手であることに気づいて、そこに自分の価値を認めてもらうことを思いついたのだろう。

「馬鹿だな、お前は」

貴志は濡れた腕を、シオに伸ばした。決して怖がらせないよう、降り頻《しき》る雨から守るように、こっちにおいでと誘いかける。

もう抵抗は許さず、強く抱き締めると、呼吸が震えるほどの安堵と喜びを覚える。

「……本当に、馬鹿だ」

こうして抱き締めると、もう誤魔化せない。

もう目を背けていた自分の気持ちを否定出来ない。貴志もう、この痛々しいくらいいたいけで、必死な子供に惹かれている。

守ってやりたい、幸せにしてやりたい。夏の雨に濡らすことさえ、可哀想で胸が痛む。相手は子供だからと、真正面から向かい合うことさえしなかった、二年間の自分の愚かさが今更悔やまれた。

「お前は、俺の恋人だよ」

瞳を合わせ、腕の輪の中にいる、愛しい「恋人」に、ゆっくりと言い聞かせる。

「記憶があってもなくても、お前が俺を憶えていてもいなくても、お前は俺の恋人だ。家事なんか一生出来なくていいんだ。俺の傍にいるだけでいい」

「…………」

「この前も言ったろ？　お前はお前のままだ。俺にとって雪村史緒は、お前だけだよ」

けれど、シオはそれでも納得しない。

「でも、エッチはしてくれなかった……」

「……それは」

貴志はほんの少し、苦笑してしまう。そんな些細なことが、シオの中では重大事項だったのだ。

「何度も言ったろ、ちびミイラ」

単に、怪我をして包帯をぐるぐる巻いているのが気になっただけ。今はそんな風に誤魔化しておこう。

シオはじっと貴志を見つめている。心許なく縋《すが》るように自分を見上げる瞳に、逸《はや》る気持ちを抑え切れない。ただ夢中で、あどけない唇を奪った。

記憶がないこととか、史緒の両親のこと、すれ違った二年間。それは今だけ、この雨に流してしまおう。

「……俺のこと、ちゃんと好き？　家事が出来なくても、怪我をしてても好き？」

「好きだよ」

「本当に、好き……？」

「当たり前だ。心底好きだよ」

微笑して、はっきりと答えた。重ねる吐息で冷えた唇を温め、指を絡め、シオは甘えるように貴志の胸に耳を押し当てる。

「すごいね、貴志さんの心臓の音が聞こえる」

雨から庇《かば》ってやりながら、貴志はシオが納得するまで、こうして抱き締めていようと決めた。

シオが、不意に呟いた。

「俺ね、病院のベッドの上で、貴志さんにこうやってもらった時に、すぐに分かったんだよ」

照れ臭そうに、はにかんでみせた。

「名前も何も思い出せなかったけど、こんなにどきどきするんだから、俺はこの人を好きなんだってすぐに分かった。貴志さんが俺の恋人だって分かった時、本当に嬉しかったあ……」

大きな瞳がきらきらしている。その煌きが、拙《つたな》い言葉が、その時どれほど自分が幸福だったか、懸命に伝えている。

「胸がどきどきする……何も知らないけど、俺はこの人が大好きって、分かったんだ」

――どきどきする。

その言葉にすべてが集約されていた。記憶は失っても、感情は消えることがなかった。複雑な自分達の関係は忘れて、唯一シオの中に残った一つの秘密。

誰かに恋するという気持ち。その人の傍にいると、胸が高鳴る。

――どきどきする。

貴志の腕の中で、シオは目を閉じてもう一度その切ない言葉を呟いた。

愛しさのあまりに、胸を打つ痛み。

小さな恋人を抱いて、その甘い痛みを貴志も指先に感じている。


雨はまだ降り止《や》まない。カーテンを開け放しているのに、貴志の寝室は夜の始まりのように薄暗かった。

仄《ほの》かな闇の中で、シオの素肌はいっそう白く見えた。ずっと雨に打たれていたせいか、ひんやりと冷たい。ベッドの上で、貴志は指先と唇の熱をシオに移し、ゆっくりと蕩《とろ》かしていく。

これは貴志の恋人。貴志一人のものだ。

だが、シーツの上にいて、シオはずっと怯えたような顔をしていた。

あれだけ貴志にセックスをねだっていたシオだが、いざとなるとベッドの上でのマナーは具体的には何一つ知らなかったようだ。

「……貴志さん……」

大好き、大好き、と気ばかり焦っている恋人の手を取り、貴志は丁寧に、愛し合い方について教えることにした。

「……う、んっ……」

性器に唇で触れられる愛撫は、最初は恥ずかしがって涙を零していたが、いつも最初はこうして楽しんでいたのだと囁くと、従順に膝を開く。

やがて、先端が完全に露出する頃には、他愛なく声を漏らし始めていた。

「っ……あ、ん――ん……っ」

甘く、切羽詰まった声が上がる。

もう四度目の射精だ。大きく開き、貴志の肩に掲げられた足が、がくがくと痙攣《けいれん》する。

薄い腹に飛び散った体液は、すでに半透明になり、量も幾分減っているようだ。

それでも貴志は、シオの膝頭を摑むとまだ甘く痙攣している内腿《うちもも》に唇を滑らせる。くったりしている性器を手のひらで押し包み、先端にキスした。

「…ひ、ゃ……っ」

シオは息を詰めて、体を捩《よじ》らせた。

「も、やだ……もお、やぁ……っ」

また濃厚なフェラチオを施す貴志の髪をつかみ、もうやめて、もう許してと嗚咽《おえつ》混じりに訴えてくる。

立て続けに射精させられて、強烈な快楽に小さなパニックを起こしているらしい。

「……や、貴志さん、……お…ねが………っ」

「馬鹿だな、今更何を怯えてる？　お前とは、もう何回もしてることだよ」

恋人同士なんだから、と例の魔法の言葉を囁き、怯えて震えている指を取り口づけてやる。

「…ん、あぁ………！」

先端に戻りかけた皮を引き下ろし、真っ赤な粘膜を舌先で逆なでする。長い部分は手のひらでたっぷりと扱《しご》き、次の充血を促す。

「たか、し、………ん、あ――あっ……」

口腔で性器を蕩かせ、愛撫に夢中にさせながら、貴志はそっと、白い尻の奥を探った。

唾液や他の体液が流れ込み、その表面は具合よく温んでいる。ぐっと指の腹を押し当てると、シオは不審そうに上半身を起こした。

「ん、っ……な、に!?」

「しい。いい子はそのまま大人しくしてな」

目を合わせ、にっこりと笑いかける。大人の常套句《じょうとうく》だ。うつ伏せにさせたシオの腰を引き上げ、尻の割れ目が貴志の目の前に来るよう、立ち上がらせる。そうして双丘に手をかけ、左右に開いた。いつもは隠されている、秘密の蕾を貴志の目の前に明らかにする。

太腿をしっかりと支えてやってはいるが、不自然な姿勢に膝を半ば内股にしてがくがくと震わせ、不審そうに貴志を振り返っている。その怯えた有様がいっそう扇情的だ。

「ん……！　なに、するの……っ⁉」

「大人しくって言ってるだろ。じっとしてなさい」

慎ましやかな蕾を指で寛《くつろ》げ、ちゅ、とキスした。

「うそっ、うそっ！　やだ」

うひゃーっ、と色気のない悲鳴が上がって、シオは捕らえられた腰を右に左に揺らし、手を伸ばして貴志の額を押し返そうとする。

膝が落ち、シオは小さな獣のように四つん這いになる。

「ダメ！　そんなのはダメ！　汚いよっ！」

抗議には耳を貸さない。抵抗も、許してやらない。

無言のまま、潤い始めた蕾に再びキスし、舌を潜り込ませる。

「……や――……っ、だ……………」

細い腰が、本気の抵抗を表すように、前後に揺れる。まったく、これで自分は「何度もエッチしてる、経験豊富」だと信じていたのだから呆れたものだ。

貴志は苦笑しながら、汗をびっしょりかいている腹の辺りを撫でてやる。

「じっとして。お前はこうされるのが、一番好きなんだ」

「うそだよっ、そんなの、嘘だっ！」

「本当だ。いつも泣いて腰を振ってた。試してみようか？」

真っ赤になって、嘘つき、と暴れる体を押さえつけ、意のままにする。

「あ……、あっ」

貴志は硬い蕾を、舌先、指で、たっぷりと花開かせる。くちゅくちゅ、と舌が唾液をかき回すいやらしい音が聞こえる度に、シオはいたたまれないという風に体を捩った。

「う、ん……、ああ…っ」

慎重に指を挿入し、丁寧に解いていく。前後にゆらゆらと動かすと、シオは折り畳んだ足をがくがく揺らして切羽つまった声を上げた。

「はっ！　あぁっ、あ、んんっ！」

「……熱いな、お前の中は。熱くて、狭い」

「……わないで……っ」

自分も知らない秘密を耳元で囁かれて、シオは羞恥に手のひらで顔を覆う。

肌を重ねればいっそう思い知らされる。

ただ守るだけのつもりでいたこの子に、こんな惨《むご》い真似をしている。けれど何も知らない子供をたぶらかしているような、そんな罪悪感も、理性も、霧散させるほどシオが愛しかった。

「あっ、ああ——…、あ——」

やがてシオは、性器と後孔への快楽に耐えかねて、小さく小さく体を縮め、とても恥ずかしそうに射精を迎える。

「……ひっく……」

嗚咽を上げ、子供っぽく手の甲で涙を拭っている。

再び向かい合い、強く抱き合って唇を重ねる。シオは夢中で縋りついてきた。

大好き、大好き、とうわ言のように呟いている。薄い胸の下、シオの心臓はどきどきと可哀想なくらい早鐘を打っていた。

「……平気か？　最後まで、出来そうか？」

限界ぎりぎりだが、今になって、もしもシオが何か違和感や疑問を覚えているようなら、貴志はここで自分を抑えるつもりだった。

「久しぶり、でつらいなら、ここでやめても——」

けれどシオは焦った様子で違う、と答える。

かぶりを振ると、こめかみをゆっくりと涙が伝った。

「俺が今日のことを……いつか全部、忘れても貴志さんはちゃんと、憶えててくれるよね？」

その言葉で、シオがどれほど、このセックスを愛しんでいるか、切ないほど分かった。

もしかしたらシオは心のどこかで無意識に、あまり幸福とは言えない貴志と史緒の関係を感じているのかも知れない。

恋しい男と体を重ねることが、あまりにも貴い幸福だと、忘れてしまうのは悲しいと、シオは必死に貴志に訴えているのだ。

「貴志さんと、記憶を取り戻した俺には何回もするうちの、つまんない一度だけのことかも知れないけど。それでも、ちゃんと、ちゃんと憶えててね？」

愛しさに胸が痛くなる。

ずっと憶えてるよ、と答えると、シオは安堵したように目を閉じた。貴志に完全に体を預け、欲望を受け入れる姿勢を取る。

何度も何度も口づけを交わし、お互いに心を蕩かし合って、やがて体を繋げた。

「……あ、あ――っ」

シオが感極まった高い声を上げた。

「あ、……あつ、ぃ、――……っ」

「シオ……」

焦れる自分を宥めながら、シオの呼吸に合わせて、ゆっくりと体を沈めていく。

「……つらいか？」

「へいき………っ」

息をせぐり上げ、貴志の背中に爪を立てている。

泣きじゃくり、震えて、それでも貴志を受け入れようとする。同時に自分の全部を受け入れて欲しいと、何もかもをさらけ出して来る。

「あ…っ、あぁ………！」

可愛い恋人。

指先に口づけて、切ない約束をする。

たとえこの夏が終わっても、お前のことをずっと大切にしていくと。


閉めたカーテンの隙間から漏れる朝日に、貴志は目を覚ました。

シオは寒がりな子猫のように体を丸め、貴志の腕に顔を埋めている。

貴志は体を起こし、シオの包帯を解いた。怪我はかなり治って来ている。もうじき、ばんそうこう程度で過ごせるだろう。

時間は確実に過ぎている。

そしてやがて、史緒の記憶も戻るだろう。記憶が戻れば、史緒は今ほど簡単に、心を明かしてはくれないだろう。

つんつんと貴志に反発して、以前の通り憎まれ口を叩く。好きだと言ったら「近づくなヘンタイ！」と引っ叩かれるかもしれない。

複雑な片思いの始まりか。

苦笑いすると、その気配を感じたのか、シオがぼんやり目を開けた。

視線に気づくと、にこ、と笑って額をすり寄せてきた。

「ん…………──」

ころころ転がって、貴志の腹の上に乗り上がる。鼻先をぎりぎりまで寄せて、キスを求めてくる。

小さな唇をちらりと舐めて、貴志は微笑した。何て可愛いんだろう。

自分でも気恥ずかしくなるほど、素直にそう思う。朝から常にないほどの欲望を覚えるが、昨日初めてのセックスを覚えたばかりの青少年に無茶はさせたくない。

それに、シオの腹がぐうと鳴るのが聞こえた。

「朝飯にしようか」

シオはシャツを羽織ると、元気よくベッドを飛び降りる。

「じゃあ俺、モーニングコーヒー淹れてあげる！　濃いの？　薄いの？」

「お前が淹れてくれるなら、どっちでもいいよ」

「じゃあ、頑張っておいしく淹れてくる」

「火傷するなよ」

はーい、と答えて、元気よく部屋を出て行く。

ばたばたと賑《にぎ》やかな足音を聞いて、貴志は苦笑した。どうせ豆の量がよく分からないと泣きついてくるのは分かっている。パジャマを着て、ベッドを降りた。

その一瞬の後、以前にも聞いたことのある、何かが階段を転がり落ちる音と、シオの悲鳴が聞こえた。

「……シオ⁉」

大慌てで部屋を飛び出すと、シオは階段の一番下の段に右足を乗せた格好で仰向《あおむ》けになったまま倒れている。

そしてその朝、ほんの短い夏を過ごした貴志の恋人は、呆気なく姿を消してしまった。

□■□■

「貴志さんさあ、車のワックスがけって、あの後ちゃんとやったの？」

俺はむすっとしてダイニングテーブルについている。出勤前でスーツ姿の貴志さんは、まずい、と肩を竦め、こそこそと茶碗を洗い始めた。

「まだ、これからなんだ」

「これから？　一週間もあったのに、まだやってないの？」

「お前が入院してあれこれで、ちょっと忙しかったんだよ」

「そんなの言い訳だよ」

俺は憤然と貴志さんを睨む。テーブルの上に、可愛らしいガラス瓶につめられた金平糖が飾られているのに気づいて、いっそう腹が立った。

「誰にもらったんだか知らないけど、こんなの飾って遊んでる暇はあったんだろ」

貴志さんは泡まみれのスポンジを片手に苦笑いしている。

ここ一週間近く、俺は貴志さんが勤める病院に入院していたらしい。

らしい、というのはその間、俺はずっと意識不明だったからだ。だけど何があったかは憶えてる。貴志さんと言い争っていて、興奮して、この家の階段のてっぺんから転がり落ちて、頭を打ったのだ。

その後、俺は五日ほど病院のベッドで眠り続けていたと貴志さんに聞かされている。目を覚ましたのが一昨日。退院したのが昨日。階段から落ちた時に作った打撲やら擦傷にはまだガーゼがあてられているが、ほとんどはもう回復している。

ただ、後頭部に、出来たばかりのように痛むたんこぶが、一つ残っていることが少し不可解ではあるけど。

　貴志さんは、怪我人に家事はさせられないから、と朝からキッチンに立っている。俺は偉そうに椅子について、きいきい怒りながら家事の指導をしているという訳だ。

　貴志さんときたら、この家に来た当時の俺以下の家事能力だ。

　シャツを肘まで捲《まく》り上げ、ネクタイを背中に回し、とんでもない男前が長身をちょっと屈《かが》めて、不器用にスポンジを使ってる。

　情けないったらありゃしない。おまけに茶碗の洗い方も、トーストの焼き方も、テーブルの拭き方さえなってない。

「もおいい！　俺がする！」

　俺は我慢ならず、椅子から立ち上がった。流しの前から貴志さんを押しのけ、スポンジを奪い、ちゃっちゃと茶碗を洗い始める。

「いいよ、無理するな。まだ怪我治り切ってないんだから」

「そういうのは、こんないい加減なことしないようになってから言ったら？」

　俺は食器乾燥機に並べられていた皿の一枚をさっと取り上げ、裏向ける。そこにはまだバターがべったりとついているのだ。

　てきぱきと働く俺に、貴志さんは捲り上げたシャツを元に戻しながら感嘆の溜息をつく。

「……本当に、お前には敵わないな」

「あったり前だよ。もう家事は俺に任せといていいから、貴志さんは一切手、出さないで。余計ややこしくなるんだから」

「ごめんごめん。悪かったよ」

そんな風に謝られているのに、すごく居心地が悪い。何だか、我儘を言っているのを、上から甘やかされているような気持ちになる。家事をする役割を取り上げられたら困ると、焦っていることがもうばれてしまっているかのような心許なさを感じる。

それがすごく悔しくて、俺はいっそう貴志さんに憎まれ口をきいてみる。

「俺、後期から予備校に行こうかなって思ってるんだ。そしたら今までみたいに家事出来なくなるかも」

「ああ、いいよ」

「クリーニングも行けなくなるかも。洗車だって、ちゃんと自分でしてよね」

「それは困るな。だけど、仕方ない」

何だか妙に余裕たっぷりに答える。

高い場所にあるカップを取ろうとすると、貴志さんが背後からさっと手を伸ばして、欲しかったワイルド・ストロベリーが手渡される。俺はありがとう、と言いながらも、唇が尖るのを感じた。

何で、何で。こんなに悔しいんだろう。

頭に来る。全部見透かされてる感じ。

手のひらの上に乗せられて、じっと見下ろされている感じ。完全に優位に立たれている。

入院して眠ってる間に、情けない寝言でも言ってるのを聞かれたんだろうか？

こんなのは嫌なのに。自分の気持ちを取り繕っていることさえ、見抜かれている気がして落ち着かない。

この家に来ると決まった二年前、俺は一つだけ自分の中で約束を作った。

それは、決して貴志さんに迷惑をかけないということ。

俺の父親と浮気した挙句、事故に巻き込んで亡くなった女の人の、息子。それなのに、俺は貴志さんを一目見て好きになってしまったのだ。

面倒くさがりのくせに、けっこう冷たいところもあるくせに、割と不器用なくせに。それでもみなし児になった俺を見捨ててはおけない。

そんな優しい人を、すぐに好きになった。

だけど同性愛者だというその人は、子供なんか相手にしない。初対面ではっきりとそう言った。

歳の離れた子供になんか興味はない。

だから警戒しなくていいと、あっちは気を遣って言ってくれたのだと分かったけれど、結果的に俺は初恋と同時にいきなり失恋した。しかも、貴志さんの傍には天野さんがいた。口は悪いけど大人で、綺麗で、俺みたいな子供なんて相手にされなくて当たり前だった。

惨めで、悲しくて、だけどその気持ちは悟られたくないから。

身の程知らずな片思いをしている馬鹿な子供だと思われるより、せめて使える同居人になりたかった。

だから必死で、貴志さんの嗜好をメモに取り、家事を覚えた。学校を終えたら真っ直ぐ家のキッチンに向かい、料理の教本と格闘した。いじましい努力を貴志さんに悟られないように、大急ぎで。

「ねえ、これさあ」

俺はさっき、テーブルの上に置いたケーキボックスを示した。

また訳が分からない。ついさっき、天野さんが出勤前にこの家に立ち寄って、一片三十センチはあろうかという巨大なケーキボックスを届けて来たのだ。

開いてみると、中に入っているのは豪華なワンホールのケーキだ。ホワイトチョコレートのプレートにはピンクの文字で「同居二周年おめでとう！」と書いてある。

……何のつもりだよ、もう。

「こんなにおっきいの、どこで買って来たの、あの人」

「さあ。結婚式場とかじゃないか？」

「俺、別にケーキとか食べないんだけど」

俺は唇を尖らせて、有難くもない顔をしてケーキボックスを見ていた。

本当は、ケーキは大の好物だったりする。

だけど貴志さんの目の前で、こんな甘いものを頬張るなんて子供っぽくて恥ずかしくて、冗談じゃないと思う。だから必死でしかめ面を作っていた。

「じゃあ、俺が食べるよ」

平然とそう言った貴志さんに、俺はびっくりしてしまう。

「貴志さん、ケーキ食べるの？　甘いの平気なんだっけ？」

「ああ。無理すれば、な」

知らなかった。貴志さんは甘いものは苦手だって思ってたのに、いつの間に食べられるようになってたんだろう？

部屋に置いたノートに、また書き加えておかなくちゃ。これから朝にパンケーキとか焼いたら喜んで食べてくれるかな？

「史緒、悪いけど、あれ取ってくれるか」

丸いケーキを綺麗にお皿に切り分けて、俺は、はいはい、と冷蔵庫に近づいた。そして何の迷いもなく蜂蜜が入ったガラスのポットを取り出す。

「はい、蜂蜜」

当然のようにテーブルに置いて、貴志さんが怪訝な顔をしていることに気づいた。煙草を指に挟んだ貴志さんは、俺の真後ろの食器棚に並んだ灰皿が欲しかったらしい。

「…………」

それが何で蜂蜜ポットになったのか。

貴志さんは自分で灰皿を取ると、斜めに俺を見据えて、ゆっくり紫煙を吐いた。

「蜂蜜は、何に使うんだ？」

「……何って、ケーキにかけて食べたら甘くてすごくおいしいから……」

スポンジに蜂蜜がしっとり染み込んで、生クリームと一緒にスプーンですくって一緒に口に入れると、際限のない甘さに、すごく幸せな気持ちになる。

きゅうーっと目を閉じて、すっごくおいしいね！　と叫びたくなるくらいに。

だけど、俺は真っ赤になる。

ケーキの上からさらに蜂蜜をかけるなんて行儀の悪い方法――いつの間に覚えたんだろう。

しかも、そんなものが甘くて美味しい、なんて子供っぽいことを貴志さんに言うなんて。

羞恥に立ち尽くす俺に、貴志さんは小さく吹き出したようだ。俺は咄嗟に、貴志さんを睨み上げる。

「……何だよ」

「いや、別に」

「だって今笑ってたじゃん。何で笑ってたの？」

俺は必死になって貴志さんに食い下がる。

何かを知ってるのに、俺には教えてくれない。

こんなのは嫌なのに。

どうやって自分を取り繕えばいいのか分からない。ずっとずっと、身構えて来たのに。うんとしっかりして、貴志さんの役に立てるように。必要だと、思われるように。

情けないところは、絶対に見られたくない。それなのに、どうしてかこみ上げてくる涙を隠すタイミングさえ、もう見失ってしまっていた。

貴志さんは、微笑して優しく俺に問い掛けた。

「お前こそ、何泣いてるんだ」

「……貴志さんが笑うからだろっ！」

俺は手の甲で顔を隠し、みっともなく嗚咽を上げて、泣きじゃくっている。

「ごめんごめん、じゃあもう笑わないよ」

「もういい。知らない。蜂蜜のことなんか、もう知らない」

への字口のまま、遮二無二かぶりを振る。

突然の涙に、俺自身はこんなにうろたえて、びっくりしてるのに、貴志さんは、少しも驚いた様子を見せない。俺がこんな風に泣くのを見透かしていたかのようだ。

そして俺は、ずっと裸でいさせられているような羞恥と同時に、もう何もよろわなくても傷つけられることのないという、深い安堵を感じている。

「おいで、史緒」

貴志さんは大丈夫だからこっちにおいで、と手を差し伸べてくれる。

「もう泣かなくていい。俺も、蜂蜜は大好きだよ」

大きな手。俺が大好きな貴志さんの手。

その手に力強く抱き締められて、もう抵抗することも、反発することも叶わなかった。

俺は、もう、知っているから。

この腕の中にいれば、ずっと蜂蜜を舐めたように甘い気持ちでいられることを、俺はどうしてか、もう知っている。

――貴志さんのことが大好き。傍にいるだけで、すごくどきどきするんだよ。

その言葉を口にしなくても、俺は一生この優しい人を想っている。ただ恋をしているだけで、こんなにも幸せだということを。

ちゃんと、知ってるから。

雨が優しく終わる場所

目の前に朝顔が咲いていたので、季節は多分夏なのだろう。

確か、俺は雨の中にしゃがみ込んでいた。衣服の背中を雨粒が叩《たた》く冷たい感触。前髪を伝って滴る透明な雫《しずく》、そして頬を滑り落ちる涙は、朝顔のしぼみかけた花びらに落ちて弾《はじ》けるように砕けた。あの時、雨の中、俺はどうしようもなく泣いていた。

その感覚はあまりに鮮明なのに、どうしてあの時の自分が、あんな風に泣いていたのか思い出せない。何があれほどまで悲しかったのか、不安だったのか、そもそもいつ体験した記憶だったのか、それも分からない。

いいや、本当に体験したのかどうかすら曖昧で、だから俺は時折脳裏を過《よ》ぎるこの記憶を、いつか見た夢の断片だと思うことにしている。

どんな意味があるのか分からない、こんな短い、些細《ささい》な夢をどうして忘れることが出来ないのか。

疑問は何一つ晴れることなく、けれど俺の心の片隅で、雨は静かに降り続けている。


俺は今、好きな人と一つ屋根の下で暮らす生活を送っている。

それはとても甘やかで、毎日夢みたいに楽しく過ぎるものなんだと思う。一般的には、多分。だって一番好きな人が、誰より一番傍《そば》にいるのだから。

「俺はどうせ医者になるならあと十年早く生まれたかったね」

天野《あまの》さんがそんなことを言い始めた。ダイニングテーブルにだらしなく頬杖《ほおづえ》をつき、缶にじかに口をつけてビールを飲んでいる。話し相手である貴志《たかし》さんは天野さんの正面の席に座り、「また益体《やくたい》もない話が始まった」という表情で、ビールが入ったグラスに口をつけている。

時間はちょうど夜十二時を回ったところだ。同じ病院に勤める天野さんと貴志さんは、先ほど連れ立ってここ久保《くぼ》家に帰宅して、晩酌がてら遅めの夕食をとっている。外は酷《ひど》い雨だそうで、天野さんは今夜はこのまま泊まっていくつもりかもしれない。

飲み物や料理の支度をするのは俺の役目だ。冷えたビールを出し、オクラの胡麻和《ごまあ》えを小鉢に盛り、夕方に作っておいた小芋の煮っ転がしを温めてキッチンでせっせと立ち働く。

「十年前？　何が不満なんですか。十年前って言ったら血圧計もほとんど手動で聴診器のゴムも粗かったって聞いてますよ。医療機器の進化も目覚しい。今の方が何をするにもずっとやりやすいでしょう」

貴志さんが淡々と応じた。

フレームレスの眼鏡がよく似合う、知性溢《あふ》れる男らしい容貌。帰宅したときのスーツ姿も格好よかったけど、今着ている洗いざらしの白いシャツとジーンズも長身に長い手足がいっそう映える。若いながらも大病院に勤める有能な外科医という職業に相応《ふさわ》しく、雰囲気はとても落ち着いている。

「バッカそういう問題じゃない。最近のナースだよ。なんであいつら、最近スカートじゃなくてパンツばっかりはいてるんだ？」

どうせこんな話だろうと思っていた。俺は菜箸《さいばし》を使いながら、背中越しの会話に肩を竦《すく》める。

天野さんの声は伸びやかで、何を主張するにもはっきりとしている。色素が淡く、髪の色や瞳は金褐色だ。黙って座っていると、整った造作は繊細にすら思えるくらいなのに、いったん口を開くとめちゃくちゃだ。皮肉屋で自由奔放。卑猥な冗談も平気で口にする。見た目が綺麗《きれい》な分、天野さんの発する言葉の毒は濃厚だ。

からかわれてつつき回されるのはしょっちゅうなのに、十六歳、高校一年生の俺が太刀打ち出来るものではなくて、毎回悔しい思いをさせられている。

「ナースって言ったら白衣の天使なんじゃないの？　ロングパンツはいてる天使なんてどこの教会でも宗教絵画でも見たことないぜ」

「きびきびしてていいんじゃないですか。救外なんかだと、特にスカートは動きにくいって言うナースは多いらしいですよ。今じゃどちらでも自由に選択できるみたいですね」

「きびきびだけじゃなくてほのぼのしたいときもあるだろ。俺は多忙な毎日を白衣の天使に癒されたいんだよ」

「天野さんみたいな考え方の医者がいて嫌な思いをしたナースが多いからパンツ派が増えたんじゃないですか。第一、白衣の天使に癒されるのは患者であって医者じゃないですよ」

「久保先生は、相変わらず真面目《まじめ》ですこと」

苦笑する貴志さんの前で、天野さんはつまらなさそうにビールを呷《あお》る。

大人の貴志さんは天野さんの戯言《ざれごと》にいちいち付き合ったりしない。俺だったらすぐに真っ赤になって怒ったり、狼狽《ろうばい》したりしてしまうけれど、貴志さんは天野さんの過激発言なんてもう慣れっこなのだ。

天野さんは同じ医大の一年先輩で、もう十年来の付き合いになると聞いている。そして今は、ただの先輩後輩ではなく、恋人として交際しているのだ。だからこうして天野さんはしょっちゅうここに泊まりに来るし、あまつさえ、俺は二人が人目を憚《はばか》らず朝からいちゃいちゃキスしているのすら見たことがある。

二人ともいい歳《とし》して、一応世間的にはエリート医師なのに。実情はほんっとにバカホモカップル。俺が今みたいに黙々と料理をしたまま二人の会話に一切口を挟まず、ついつい仏頂面になってしまう理由だ。

「史緒《しお》ちゃん、こっちビールなくなった。あとサーモンのカルパッチョ、美味《うま》かったからお代わりー」

振り返ると、天野さんは空になった５００㎖のアルミ缶をひらひら揺らし、俺に追加をねだっている。天野さんが来るとうちはまるで居酒屋さんになったような慌《あわただ》しさだ。

「ビールなら冷蔵庫の中段に入ってるから自分で出してよ。今から油使うから、鍋から目離せない」

一口カツに衣をつけながら冷たい口調で抗議すると、天野さんは頭の後ろで手を組んで、のーんびり背筋を伸ばしている。

「なーんかこの家で飯食ってると自分で動く気力が失《う》せるんだよなー。エプロン姿の可愛い小間使いさんの至れり尽くせりが身についちゃって、自分で動くのが億劫《おっくう》でさあ」

「小間使いさんって何？　うち、居酒屋じゃないからビールとかお代わりって叫んでもはいはいって応じないから」

俺は振り返り、きっと天野さんを睨《にら》む。小柄な上に、高校一年にもなって顔立ちも幼いことは自覚している。所謂《いわゆる》童顔だ。色も白くて、肌や髪の色も淡い。怒ってもあまり迫力がないことは分かっているけど。

「家事は、貴志さんが下手だから俺の好意でやってるだけなんだから。あんまり図に乗ってあれこれ命令したって聞く義理はないんだからね」

膨れっ面で文句を言いながら、先に揚がったアスパラガスとカマンベールチーズのフライを皿にのせていく。チーズのフライには、イチゴジャムを添えて出す。

隣家の田辺《たなべ》さんの奥さんに教えてもらった料理だ。酒の肴《さかな》とはいえ、ただでさえ激務で体力仕事なのだから、栄養のあるものを美味《おい》しく食べてもらいたい。

「ビール運ぶよ、どこ？」

俺は驚いて振り返った。

それまで天野さんと俺とのやりとりを黙って聞いていた貴志さんが、キッチンに入って来たのだ。俺は何となくたじろいで押し黙ってしまう。

貴志さんは眼鏡越しの目を柔らかく細めた。

「油使ってるんだろ。ビールは俺が出しておくから、お前は鍋見てて」

「でも、貴志さんもご飯食べてるのに……」

「ビール運ぶくらいなんてことないよ。ごめんな、夜遅くまで酒盛りに付き合わせて」

冷蔵庫の中段を開くと、貴志さんの大きな両手で、５００㎖のビール缶が四本、楽々と運ばれていく。

「天野さんも明日当直当たってるでしょう。あんまり飲みすぎないで、早めに切り上げて、体力温存しておいた方がいいですよ」

「うるさいよ。一つ年下なだけで人のこと年寄り扱いしてんじゃねえ」

酒を運ばせておいて、またぎゃあぎゃあと貴志さんに絡んでいる。

この分だと、やはり天野さんは今日はここに泊まって行くだろう。だからと言って、客間に布団を用意したり、お客様用のパジャマやバスタオルを用意する必要はない。

天野さんがこの家に泊まっていくのは日常茶飯事だ。眠くなったらそのままの格好で貴志さんのベッドに潜り込む。朝になったら勝手に起き出して、勝手にシャワーを浴びて、当然の顔で俺が作った朝食を食べて出勤して行く。

天野さんはカマンベールを頬張った。

「ん、これ美味い。チーズの蕩《とろ》け具合、最高。また腕を上げたな、史緒ちゃん。これは最早普通の高校生が作るレベルの料理じゃないな」

「天野さんに褒められても嬉しくもなんともないです」

「いやー、でも美味いよなあ？　下手な小料理屋より史緒ちゃんの手料理の方が断然美味い」

「うん、美味いよ。家に帰って史緒の料理食べるとほっとする」

「そ……」

率直に褒められて、俺は赤面してしまった。つい取り乱してしまう。

「そんなん、毎日これだけ家事ばっかりさせられてたら料理だって上手《うま》くなるの当たり前だろっ。褒められても嬉しくないっ！」

そう言って焼きうどんを大皿に盛る。具だくさんのあんかけをたっぷりかけた中華風の焼きうどんだ。

「料理、これで最後。七味かけて食べてください」

「あいよ、いただき」

天野さんが皿を受け取る。俺は七味が入った小さな竹筒をテーブルに置いた。

「史緒、お前腹空いてないのか？　料理は充分だからお前は休めよ」

「俺は貴志さんたちが帰って来る前に夕飯食べたもん。それに料理の後片付けしないと」

「それくらい、俺がやっておくよ。油物は専用のスポンジ使って洗えばいいんだろ？」

「――いいってば、俺はもう冬休みなんだから、貴志さんこそ明日も仕事なんだから、いつまでも天野さんに付き合ってないで早く寝ろよ」

俺たち二人のやり取りはまるで気にも留めず、天野さんは七味の栓を抜いて、焼きうどんに振りかけた。それからおや、と首を傾《かし》げる。

「史緒ちゃーん。この七味、中身、空」

「えっ」

どきっとした。小筒を天野さんから受け取って数回振ってみたが確かに空だ。

そういえば、数日前夕食にそばを食べたときに使い切ってしまったことを思い出す。大急ぎでキッチンに戻り、しゃがんでシンク下の貯蔵庫を見たが、ストックがない。俺は慌てた。台所を預かる身としては調味料のストックを絶えず切らさず管理するのは当然の務め。常備している調味料を一覧表にして戸棚の裏側に貼りつけているくらい几帳面に管理してるのに。

塩や砂糖と比べると、七味はあまり使わない調味料なので、ついつい買い足しておくのを忘れてしまっていたらしい。

「ごめん、すぐ買って来る。近くのコンビニに置いてるから」

ちょっとした食材なら、両隣の家の奥さんたちと貸し借りをしたりするが、こんな深夜に押しかけるのは非常識だ。コンビニなら、この家から歩いて三分の大通り沿いにある。

焦ってエプロンを外しながら、あたふたと財布を摑《つか》んだ。貴志さんがそれを引き止める。

「いいよ、七味がなくても食えるんだろ。このままでも充分美味そうだ」

「ダ、ダメ！　これは、最後に七味をかけて食べるの考えて味付けしたんだから！」

その方が絶対に美味しいんだから。貴志さんには、美味しいものだけ食べてもらいたいんだから。

頑《かたく》なな俺の言葉に、貴志さんが席を立つ。

「じゃあ俺が行くよ。子供が外に出て行く時間じゃない」

「大丈夫だってば。他の料理が冷めちゃうよ、貴志さんは食べてて。すぐ帰って来るから」

エプロンの腰紐《こしひも》を外しながら、他の食材が足りているか素早くチェックする。ビールはまだある。多分この後、日本酒かウィスキーに切り替えるだろう。肴のナッツとチーズ、明日の朝食の材料もきちんと揃《そろ》ってる。全部を確認して、大急ぎで玄関に向かう。

「買って来るからそれまで勝手に食べないでよ、天野さん！」

湯気を上げる焼きうどんにこっそり箸を伸ばそうとしていた天野さんを厳しく牽制して玄

関で靴を履いていると、追って来た貴志さんに呼び止められた。

「史緒」

俺は聞こえない振りで、玄関横のフックにかけていた上着に腕を通した。

「史緒、聞こえてるんだろ?」

仕方なく振り返る。貴志さんが立っているのはぴかぴかに磨き上げられた廊下。

靴箱の上に飾った花は毎日水切りをして、玄関にもちり一つ落ちていない。料理も掃除も、洗濯だって何だって、俺の家事はいつだって完璧だ。

「……何? 俺、早く行かないと」

「ちょっとくらい手を抜いたって構わないんだぞ。七味一つでぴりぴりする必要ないんじゃないか」

「やだよ、そんなの。俺が几帳面なの、貴志さんだって知ってるでしょう。家事は、この家じゃ俺が好きで引き受けて、自分の好きにやってるんだから。放っておいてよ」

「史緒が一生懸命やってくれて俺は本当に助かってるけど、手を抜くところは抜いたらいい。俺や天野さんに気を遣う必要はないよ」

「何言ってんの? 二年半もずっとこうだったじゃん。今更心配してもらわなくても、大丈夫だよ」

テレビで深夜のお笑い番組が始まったのか、リビングが賑《にぎ》やかになる。天野さんが相手をしろと貴志さんを呼んでいる。

「ほら、天野さん呼んでる。天野さん食いしん坊だから。料理勝手に食べたりしないか、ちゃんと見張っててよ」

腕を組んで、長身を壁にもたれさせ、苦笑混じりの溜息《ためいき》をつく。

「お前をちゃんと甘やかすには、いったいどうしたらいいんだろうな」

本当に困ったような声音《こわね》だったので、俺は不思議な気持ちになる。それでも振り返って貴志さんの表情を確かめる勇気は、何となくなかった。

「――気をつけて行けよ」

ぽん、と頭の上に大きな手のひらが乗せられた。

どぎまぎして、右足と右手が一緒に出そうになった。

どうして？　どうして俺にそんなこと言うの？

俺なんかに優しくしないで。俺は絶対、貴志さんの負担にだけはならないから。

好きな人の、荷物になんてなりたくないから。

その言葉を飲み込んで、俺は玄関を出た。

この家は左手にカーポートのある一戸建てだ。短いアプローチを抜けて数歩走ると、強い寒気と湿気に全身を押し包まれた。

いつの間にか、雪は頬や髪がしっとりと濡《ぬ》れるような細かな雨に変わっていた。雨音がしないので、家の中にいるときは雪が雨に変わったことに気付かなかったのだ。

傘を取りに行こうと思ったけれど、コンビニまではすぐだし、また部屋に戻るのは面倒だ。

それに、さっきの貴志さんの言葉に、俺は酷く動揺していた。

――お前をちゃんと甘やかすには、いったいどうしたらいいんだろうな――

甘やかすって何？　ちゃんと甘やかすって？

俺に、もっと貴志さんに甘えろということ？　保護者としてもっと頼ってみろっていうこと？

だけどそんなはずはない。貴志さんに甘えていいのは、貴志さんの家族か、もしくは恋人の天野さんだけだと思う。

貴志さんは、最近少しおかしい。

以前の貴志さんは、何でも俺の好きにさせるばっかりで、積極的に構うことはなかった。俺が一方的にぴりぴりして噛《か》みついても、軽く受け流して気に留める様子もなかった。血縁関係のない俺をあっさり引き取って養育している現状でも分かるように、物事にあまり頓着しない、淡白な人だ。

それに、俺が大人に甘えない、しっかりした子供であることは貴志さんも知っているはずなのだ。学校での成績はトップクラスだし、友達も充分にいる。両親がいなくて寂しいなんて素振りも見せたこともない。経済的には完全に貴志さんに頼っているが、精神的には自立しているつもりだ。

俺が家族を亡くしたのは、貴志さんのお母さんのせいなんだから。貴志さんがこの家においでと言ったから来てやったんだから。別にいつ追い出されたって平気。寂しくなんかない。

いつだってその強気のスタンスを崩したことはなかったのに。

最近、貴志さんは何かと俺に構ってくれる。過剰に干渉されることは一切なく、基本的に放任主義であることに変わりはない。それなのに、甘やかすという言葉通り、俺が少し無理をしていると、やんわりとフォローしてくれる。見守られているのが分かる。

貴志さんがそんな風になったのは、確か、今年の夏休みくらいからだと思う。

今年の夏休みには、大きな事件があった。俺が家の階段のてっぺんから転落したのだ。二階から一階に一直線だ。貴志さんと口喧嘩《くちげんか》をしてしまい、興奮して階段から足を踏み外した。

頭を打っていて、一週間近く意識不明で貴志さんが勤める病院に入院した。もちろん、その間の記憶は一切ない。ただ目を覚ますと、手足や頬に派手な擦過傷があり、後頭部には大きなたんこぶが出来ていた。

あれ以来、目には見えない形で、貴志さんと俺との関係は微妙に変わり始めている。

両手のひらを頬に当て、駆け足で大通りに出た。コンビニは道路を挟んだ向こう側で、ずっと向こうにある横断歩道を渡って行かなければならない。足が自然と速くなる。

寒さと霧雨と、貴志さんの不可解な言動。すっかり注意力散漫になっていた俺は、すぐ傍の横道から自動車が出て来ることに気付かなかった。

ぱっと足元が明るくなって、俺は顔を上げた。

乗用車の、前部のシルエットが暗闇に浮かび上がる。右側から強い衝撃があり、突然世界が暗転した。


誰かの泣き声が聞こえる。

降り続ける雨音。庭木の青い葉が風に揺れる、ざわめき。小さな啜《すす》り泣きは簡単に掻《か》き消されてしまいそうで、俺にしか聞こえない。

真夏の青々とした緑が茂る、久保家の庭の奥。俺は体を縮めて泣いているその子を、少し離れた場所から眺めている。

もしも俺が、貴志さんと出会わなければ、こんな風に泣いていたかもしれない。

俺にはもう、家族と呼べる人はいなかったから。俺が不意にどこに行っても、そのまま戻らなくても、誰も気にも留めない。それなら、俺はもう、存在しないも同じだ。

俺はそこで目を覚ました。目の縁からこめかみへ、すうっと涙が一滴零《こぼ》れ落ちた。

その感触に、呼び覚まされるように、意識がはっきりする。

白い天井、壁。白いカーテン。薄暗くも、冴え冴えとした空気。視線を巡らすと、傍らに置かれた銀色の計器のモニタには、時折蛍光グリーンの光が走る。

俺は静かに呼吸を繰り返した。ここは病院――だろう。だけど、自分がどうしてここにいるのか、咄嗟《とっさ》に分からない。周囲を見回しながら起き上がろうとしたが、両足に違和感があって、腹に上手く力が入らない。

――何？　足が動かせない。足も、――手も。

途端に強烈な恐怖が突き上げて来た。自分がどうしてここにいるのか分からないまま、身動きが出来ない。しかも、徐々に体のあちこちから痛みが湧《わ》き上がって来た。

特に、右足首に感じる痛みは尋常なものではなかった。骨を伝って頭に響く、不快な痛みだ。両手、左足にはきつい拘束を感じる。確認したいのに、体を動かせば痛みがどれほどのものになるのか恐ろしくて身動きも出来ない。

「う、う……」

呻《うめ》いていると、傍のカーテンが開かれた。顔を覗《のぞ》かせたのは、白い制服を着たナースだった。

「あら、起きたのね、良かった。あなた救急車でここに運び込まれて半日近く眠ってたのよ。久保先生をお呼びしましょうか。さっき外来診察が終わられたところなのよ」

しばらくして、息を切らせて誰かが病室へと入って来る気配があった。

「史緒」

カーテンを開けて入って来た貴志さんと目が合った。スーツの上着を脱いで、白衣を纏《まと》った格好だ。

貴志さん、という言葉はかすれた呟《つぶや》きにしかならない。何から尋ねていいか分からず、俺はただ不安そうな眼差《まなざ》しで貴志さんを見ていたと思う。そしてさっき見ていた物悲しい夢の欠片《かけら》が、涙となってまだ頬を濡らしている。

普段の俺なら決して見せない涙を見て、貴志さんは微《かす》かに眉根を寄せ、より注意深い眼差しで俺を見つめている。

「シオ？」

俺はぼんやりと貴志さんの顔を見上げていた。

「……シオなのか？」

貴志さんが俺の名前を呼んでいる。それなのに、俺は返事が出来なかった。貴志さんが呼んでいるのは「俺」ではないと分かったからだ。もう少し小さく、神経過敏な子供相手に相応しい、懐かしいような声音。

それは決して嫌な感覚ではなく、俺は何故《なぜ》か、心の奥底が揺さぶられるのを感じた。動かない体とは裏腹に、心だけは大急ぎで素直に貴志さんに飛びつこうとする。嬉しい、会えて嬉しい。ずっと会いたかった。

ただ息が詰まるような恋しさと、懐かしさを感じる。

「貴志さん……」

答えると、貴志さんが我に返ったように目を見開いた。

「……史緒」

ふっと緊張感を解く。その手のひらが、俺の額に寄せられた。

「……名前は言えるか？　フルネームで」

「雪村《ゆきむら》……雪村、史緒……」

「ああ……よかった、本当に意識ははっきりしてるんだな」

しばらくして、俺の担当になる整形外科の先生がやって来て、俺の手足を調べた。いくつか俺に質問した後は、背後で見ていた貴志さんと俺にはよく理解できない専門用語で会話を交わす。

診察を終えると、俺の担当の先生はじきに病室を立ち去って行った。現況の説明などは貴志さんに任せるということらしい。貴志さんは俺のベッドの縁に浅く腰掛けた。

「目が覚めたとき、びっくりしただろう。どこが一番痛む？」

「右足……、ずきずきする……」

貴志さんは傍にいたナースに何か指示を出すと、白い錠剤を持って来させる。鎮痛剤だというそれを飲んだ。

「覚えてるか？　コンビニに七味を買いに行く最中に、自動車と接触事故を起こしたんだ。それで救急車でここの救急外来に運び込まれた」

「あ……」

それで俺も思い出した。七味。七味がなくて、大急ぎでコンビニに走って。脇道から出て来た自動車にぶつかった。

俺はそこで意識を失って、自動車のドライバーが救急車を呼んでくれたらしい。俺が持っていた財布に近くのスーパーマーケットの会員証が入っていて、そこから貴志さんの家の電話番号が割り出され、貴志さんが病院に呼び出された。俺は意識のないまま手当てを受け、一晩このベッドの上で過ごしたことになる。

「じゃあ、俺、事故？　起こして……？」

「うん、対人事故とはいえ、こちらに大いに過失ありだからとにかく大事にはしないでおいた。それにしても、お前本当に器用な転び方したんだな」

どんな転び方をしたのか、俺自身はよく覚えていない。しかしドライバーの証言によると、右足を自動車に打ちつけて、左足を捻《ひね》る形で転んで、両手を地面についたが勢い余ってでんぐり返しをして、最後に頭を打って気絶したらしい。

貴志さんが白衣の膝《ひざ》に置いたファイルを何枚かめくる。

「両手首と左足首が第一度の捻挫《ねんざ》——靭帯《じんたい》を少し痛めてる。両肘《ひじ》に擦過傷。それから、右足脛骨《けいこつ》にひびが入ってる」

レントゲンを見せてもらった。一番重傷なのは右足の膝下の骨だ。

体を起こしてみようか、という貴志さんの指示にナースに手を貸して貰《もら》い、上半身を起こす。俺はそこで初めて自分の両腕の状態を見た。

包帯はガーゼを添えられた五指を丸く包み込むように巻かれていて、まるで白いチューリップを上から覗いているかのようだ。そして足。左足には脛《すね》から甲を包み込むように包帯が巻かれ、右足にはがっちりとギプスが巻かれている。

「捻挫はそれぞれ一週間で包帯が取れると思う。右足は全治一ヶ月だな。両手両足が使えない間は大分不自由だろうけど、とりあえず一週間我慢できたら両手と左足は自由になるから。常に静養して、四肢に負担をかけないよう注意して」

「ええ……？」

とりあえず一週間。一週間って言った？

ベッドの縁に座ったまま、俺のカルテを手に淡々と話す貴志さんに、慌てて抗議した。

「ちょっと待ってよ。『それまで』って、一週間は両手両足、全部使えないってことじゃないの⁉」

「そういうことになるな」

「そんな……両手が使えないと、自分じゃ何にも出来ないよ。顔も洗えないし、足が駄目なら、ベッドから降りることも出来ないじゃないか！　やだ！　そんなのやだ！」

「史緒」

貴志さんは俺のパニックめいた反応をとっくに予想していたらしい。冷静な、だけど穏やかな声で俺の名を呼び、落ち着かせるように背中を二度、優しく叩いた。

手足が使えない、自分じゃ何も出来ないということだ。何をするにも他人の力を借りなきゃならない、そんな状態が一週間も続くなんて。

「大丈夫、一週間は入院しよう。この手の状態じゃ、食事とか手洗いとか、基本的な日常動作すらままならないだろう？　自立の目処が立つまでこの病院に入院して、介護を受けるっていう手もある」

「入院？　やだよっ」

入院、という言葉に、ぞくっと体が震える。俺はもう完璧に恐慌を起こしていた。

「やだやだっ！　入院なんかやだ！　もう帰る。家に帰りたい」

「でも史緒、とりあえず今日は病院から帰れないんだ。お前、頭も打ってるから、CTと脳のMRIを受けてる。専門の先生から結果をきちんと聞かないと」

「でも、頭なんか痛くない。気分も悪くないよ。検査が必要なんだったら、いったん家に帰して？　それでまた、明日検査受けに戻って来るから。それで……」

「それは駄目だ。俺は今日当直だから、家に帰れない。こんな状態のお前を家で一人にさせられない。お前も怪我《けが》した初日で何があるか分からないし、看護師さんに面倒を見て貰った方が安心出来るはずだ」

両肩に手を置いて顔を覗き込まれる。俺はぎゅっと目をつぶり、かぶりを振った。

「大丈夫だから。何かどこかおかしかったら、病院に電話するから。入院なんかしなくていいから」

「受話器、どうやって持つつもりなんだ？」

貴志さんはどこまでも冷静だった。

「でも夜、誰もいないことなんて慣れてるし……」

「いつもとは事情が違う。自分で立つことも出来ないのに一人にさせられないよ」

「でも、でも……っ」

「史緒」

言葉を遮られ、肩に手を置かれたまま、貴志さんの瞳がこちらに向けられた。目を逸《そ》らすことは許されない、真摯な眼差しだった。

「俺が心配なんだ」

どきん、と胸が小さく脈打つ。

「ごめんな。本当にごめん。保護者としてお前を預かってるのに、こんな大怪我させて本当に悪かった。出来るだけ何もかも、お前のいいようにするから。そんなに入院が嫌なら、家に帰って療養できる方法を考える。でもとりあえず今夜だけでも我慢してくれないか」

俺は興奮と緊張のあまり、激しく肩を上下させていた。

貴志さんの腕が伸び、宥《なだ》めるように後頭部を手のひらで包み込まれ、抱き寄せられた。白衣の肩に、額を押しつけるようにして何度も頭を撫《な》でてくれる。俺は泣き出してしまいそうになる。貴志さんは気付いているのだ。いつもは「しっかり者」を通している俺が、どうしてこれほど病院を怖がるのか。

貴志さんの勤め先なのに申し訳ないと思うが、俺は病院が大嫌いだ。

どうしても、母親が入院していた頃を思い出すからだ。

俺が中学二年生のとき、それまで真面目だった父親が浮気に溺《おぼ》れ、家庭を一切顧みなくなった。その上、浮気相手と共に事故死した。配偶者の裏切りを糾弾することも許すことも出来ない、しかも周囲からは容赦なく好奇心剝《む》き出しの視線を浴びせられる。

そんな悲しみと屈辱の只中で、俺の母親は少しずつ心身の均衡を失っていった。すっかり痩《や》せ衰えて入退院を繰り返し、俺は病院を見舞うたびに、その様子を余すところなく見つめなければならなかった。そして最後には、些細な風邪から肺炎を起こして亡くなった。

人の心と体は直結していて、心が癒せなければ体の治療をしても無駄なことがあるのだと、当時中学生だった俺は知った。

以来、病院にいるとどうしても気持ちが塞《ふさ》ぐ。この白い空間が、輝かしい生への希望を生み出すとは、俺にはどうしても思えない。ただ無機質に、粛々と、死を覚悟し受け入れるための場所だという記憶しか、俺にはないから。

「ごめん。絶対に怖い思いはさせない。俺も時間があれば何回でもこっちに見に来るから。一晩だけ、我慢できるよな？」

俺はしばらく考えて、それから涙を堪《こら》えて頷《うなず》いた。

淡白で冷たいようで、それなのに人の心に敏《さと》い。俺の怯《おび》えを子供じみた感覚だと一笑に付すこともせず、一生懸命に相対してくれる。

俺はこの人がやっぱりとても、とても好きだと思った。

とても好きな人だから。

この一週間がどんなものになるのか、今はまだまるで分からないのに、それでもここで我《わ》儘《まま》を言って迷惑をかけるわけにはいかなかった。

幸い一晩過ごして、俺の体調には異常が見られなかったので、退院許可が下りた。

外来診察の時間が終わるとしばらくして、俺がいる病室に貴志さんがスーツ姿で現れる。

当直明けの真昼だが、貴志さんは俺の不安な気持ちを払うように、清々《すがすが》しい笑顔を見せてくれた。

「よかったな、これで一先《ひとま》ず家に帰れる」

「うん……」

ナースと貴志さんに支えられ、車椅子に移動させられる。精算と薬の受け渡しはすでに済んでいるそうだ。スタッフ専用の駐車場に向かい、貴志さんの自動車で久保家に帰ることになる。

俺は疑問を感じて、車椅子を押す貴志さんに尋ねた。

「貴志さん、昨日当直じゃなかったの？　これからまだ仕事があるんじゃないの？」

俺も大学病院に勤める医師の傍で二年半も過ごしているのだから、その勤務形態も多少理解しているつもりだ。当直医師は一晩病院で過ごして救急外来で対応した後も、朝から通常勤務に入るのが普通だ。実際、昨日貴志さんと同じく当直だった天野さんは、今は病棟回診で内科病棟にいる担当患者の回診に当たっているはずだ。

「俺は休みを取ったから。お前は気にしなくていいよ」

「休み？　貴志さん、休み取れたの？　仕事しなくていいの…？」

貴志さんはあっさり言うけど、そんな簡単に休みを取れるはずがない。

だが貴志さんは俺に負担をかけないようにあっさりとした口調で説明をくれる。

「医者だって自分自身や家族が急病のときは休みくらい取れるよ。幸い、今は容態が不安定な患者さんもいないから、医局に頼んでシフトをいじってもらった。呼び出しがあったらすぐに出ないといけないし、長期休暇というわけにもいかないけど、とりあえず今日の午後と、明日は家にいられるから」

「そんな……」

愕然《がくぜん》としてしまう。貴志さんに仕事を休ませてしまう。貴志さんに大変な迷惑をかけてしまう。

分かっていたことだけど、今の現実がずっしりと堪えた。

蒼褪《あおざ》めている俺に、貴志さんは何でもないことのように笑って応じる。

「俺が仕事に出るときは、天野さんが代わりに来てくれるから。何とかこの一週間、お前に不自由させないように頑張るよ」

「天野さんも来てくれるの…」

二人の医者が代わる代わる面倒を見てくれるというのだから贅沢な話なのだけれど、不安と罪悪感でいっぱいだった。自動車がカーポートに到着し、貴志さんに横抱きにされて玄関から中に入った。

「我が家」に帰って来ると、やっぱりほっとする。昨日一晩離れていただけなのに、この家がとても恋しかった。

しかし感傷に耽《ふけ》ってばかりもいられない。貴志さんはベッドヘッドに凭《もた》れさせるように俺をベッドの上に座らせると、一週間の療養生活に備え、この部屋をあれこれ整備することを提案した。

「とりあえず、お前が落ち着けるようにこの部屋を整えなきゃな。座ってるときにベッドへッドにもたれられるように、背中に添える大きなクッションがいるよな。それから退屈しないようにテレビとかDVDプレイヤーも必要だろ？　隣の部屋の回線延ばして、この部屋でも見られるようにするよ。リモコンを固定しておけば、ボタンくらいは指先で押せるよな？」

「……うん」

「それからPCと電話の子機をスピーカー機能にしてもっと手近に置いて。他に必要なものは？」

「今は特に……、あ、あとペットボトルの飲み口にストローつけたやつにお水入れて、ベッドサイドに置いといてくれたら助かる。昨日病院で使わせてもらったら便利だった」

「ああ、なるほど。あれだったら両手で支えて飲み物も飲めるものな」

貴志さんはてきぱきと俺のベッド周りを整えていく。リビングのクッションを始め、色んな電子機器が運び込まれて、ベッドサイドにはエアコンやテレビのリモコンがガムテープで固定される。六畳の洋室はまるで小さな要塞《ようさい》のようだ。

「何かほんとに、何にも出来ない怪我人って感じだよね……」

自嘲する気力もなくて、すっかり意気消沈して呟くと、そういうこともあるよ、と貴志さんはごく気楽に答えてくれた。

「長く生きてれば誰だって一度や二度くらい、こんな状況に陥ることもあるさ。でも冬休み中でよかったな。授業を休まなくて済んで」

「ん……」

それは確かにそうだった。一週間も授業を休んだらさすがに成績に影響が出る。

「時期ももう少しずれたら年末年始で、怪我人が多い時期だから、俺もこんな風に休みを取れなくて、短期で介護も出来る家政婦さんを雇わないといけなかった。史緒はちょっと人見知りだからよく知らない人に傍にいられると落ち着かないだろ？」

「……うん」

ちょっとでも「よかったところ」「幸いなところ」を見つけ出しては、俺に差し出してくれる。

貴志さんにそう言ってもらえると、俺はほんの少しだけ気楽になる。貴志さんは、本当に、怪我をしている俺を心配し、心から優しくしてくれている。

だったら俺には貴志さんに言わなければならない言葉があるはずだ。

ごめんなさい、ありがとう。迷惑かけて本当にごめんなさい。

そう言おうともじもじしていると、玄関でどかんと騒々しい音がする。俺たちは同時に顔を上げる。そして勝手知ったる我が家とでもいうような無遠慮な足取りで階段を上りきり、扉を開けて天野さんが姿を現した。

「よう。どんな塩梅?」

「天野さん。まだ仕事中じゃないんですか」

貴志さんの非難がましい声に、天野さんは問題ないというように両手を開いて肩を竦める。いつも通り、金褐色の長めの髪を一まとめにくくり、Tシャツにジーンズというラフな格好だ。それに白衣だけ羽織って患者の前に出る。

「昼休みの一瞬を狙ってちょっと抜け出して来た。すぐ帰るよ。それより史緒ちゃんの様子が気になってさ」

ずかずかとベッドに近付くと、いつもの杜撰《ずさん》さが嘘のように、ふわりと優しく両手のひらで頬を包み込まれた。医者の顔で触れられると、圧倒されて文句が言えない。

「三肢に捻挫と右脛骨に亀裂骨折だって? 悪かったな、俺たちが食う物の買い物に行かせてずいぶん重傷だ」

「いいえ、夜間に道路に飛び出してこの程度なら運が良かったですよ」

「頭部は? うちの救外に運び込まれたとき、意識不明だったんだろ? 意識に——何か問題ないの」

貴志さんは無表情なまま、天野さんを見つめている。二人の間に、奇妙な間があった。

貴志さんが目を逸らすと、不思議な緊張感がふいと途切れる。

「問題は、ありません」

「そう。それだったら、良かったな」

俺は二人の顔を見比べる。何だろう、今の間は。俺の意識が正常だと、何か問題があるのだろうか。

だが問いかけようとすると、天野さんは立ち上がって、すっと踵《きびす》を返す。

「完治まで一ヶ月前後か。史緒ちゃんにはちょっと不便でつらいだろうけど、俺も出来る限り協力するし。史緒ちゃん頑張れよ」

「はい……」

そう答えた途端、俺の腹が鳴った。

時計を見ると、もう十四時を過ぎていた。本当に今朝《けさ》退院出来るのかという不安に、病院で出された朝食はほとんど喉《のど》を通らず、そのままこの家に帰って、貴志さんに部屋の整備をしてもらって、この時間になってしまった。

貴志さんが軽く片手を上げ、部屋を出て行こうとする。

「昼飯にしようか。階下で何か作ってくるよ」

「あ、料理だったら、俺が……」

いつもの習慣で咄嗟にそう言ってしまったが、貴志さんには笑われてしまった。

「車椅子じゃシンクに手が届かないし、その手じゃ包丁もフライパンも握れないだろ。だいたい、怪我人に料理なんかさせられないよ」

「そっか、…そうだよね」

貴志さんが階下に下りていくと、学習机の椅子に座っていた天野さんが人の悪い笑顔を見せる。

「あの不器用がどんな料理作って来るか見ものだよな」

せっかく作ってくれてるのに、そんな言い方は酷い、と俺は抗議したが、確かに貴志さんが運んできた料理はかなり酷いものだった。

傍の学習机に置かれたトレイに載せられた皿に盛られているのはどうも炒飯《チャーハン》らしいのだが、ひげをむしっていないもやしがあちこちから飛び出し、ハムの大きさはばらばら、飯も卵もあちこち焦げついている。貴志さんもさすがにバツが悪そうだ。

「悪いな。お前の怪我が治ったら、一番に料理を習うことにするよ」

「ううん、大丈夫、食べられるよ」

そう言って右手をスプーンに伸ばす。だが、第一関節まで包帯が巻かれている手で、スプーンを握れるはずがなかった。

貴志さんは俺の首周りが汚れないよう、ナプキンをかけてくれる。ちょっと、嫌な予感がし始めた。

「……包帯外して自分で食べちゃいけないの？」

「それはダメだ。整形外科の先生からも聞いただろ？　四肢を休ませる意図で腕にも厳重に包帯巻いてるんだから。完治するまで手は使わない方がいい」

天野さんがそう答えている間に、貴志さんがベッドの縁に座り、トレイを引き寄せて自分の膝に乗せる。スプーンで一匙《ひとさじ》掬《すく》うと、それを俺の口元に運んだ。

「ほら史緒。あーんだ」

「え、え、え、あの……」

口元に迫るスプーンから、俺は上半身を退ける。

「自分じゃスプーンを持てないんだから、俺が食わせるよ。はい、口開けて」

だけど俺は真っ赤になって顔をスプーンから背けた。

いつもいつも、つんつんぴりぴり怒ってばかりの俺が、口開けて、あーん？

「そんなっ…、出来ないよ」

スプーンを持ったまま、貴志さんは不思議そうだ。

「出来ない？　どうして」

「だって、か、かっこ悪いよ……っ」

俺の必死な訴えに、天野さんが茶々を入れる。

「なんで？　雛鳥《ひなどり》みたいで可愛いじゃん。あーんしてスプーン口に入れてもらうの待ってさ。微笑《ほほえ》ましくていいと思うんだけど」

日高ショーコ
待望の新連載スタート!!
巻頭カラー
神奈木 智+金田正太郎
新連載スタート!!
センターカラー
三田 織
新連載スタート!!
一樹らい
初登場!!
★シリーズ読みきり
雁須磨子/嘉島ちあき
ワタナベナツ
★読みきり
ナナキシコ
さかもと麻乃
おげれつたなか
SPカラーで初登場!!
★大好評連載陣
山本小鉄子
如月弘鷹
神田 猫
大島かもめ
九 號
トワ
ARUKU
コウキ。
富士山ひょうた
秋葉東子
田中鈴木
桜庭ちどり
平喜多ゆや
さがのひを
吹山りこ/四宮しの
三崎 汐/鰍ヨウ
ルチル アニバーサリー
ポスターブック
全サ実施!!
ルチル
Boy's Cute and Sweet Magazine
Rutile
1月号
本体価格778円+税
◎表紙
日高ショーコ
◎ピンナップ
星野リリィ
大好評発売中!!
◆奇数月22日発売◆隔月刊
表紙イラスト図書カード応募者全員サービス
(応募者負担あり)
最新情報はこちら➡[ルチルポータルサイト]
http://rutile-official.jp

スマートボーイズ
スマホアプリ「スマートボーイズ」INFORMATION
スマホで楽しむ恋。「スマ恋」シリーズ第2弾
最新作全5話、絶賛配信中！
早乙女翔(弓道部顧問)
寿里
ミュージカル『薄桜鬼』土方歳三役 出演決定
恋弓《こいゆみ》
市宮眞人(弓道部部長)
滝口幸広
柏木凛空(次期部長)
松田 岳
弓で認め合う先輩と後輩、恋の行方は……弓で決める。
「続きやらないか？ あの日の勝負の続き」
「きみの笑顔が、大好きです」
「スマ恋」シリーズ第1弾
きみいろえがお
kimiiroegao
主演・廣瀬智紀(舞台『弱虫ペダル』他)
出演:廣瀬智紀　北村諒 ／ 加藤厚成 ／ 和田琢磨
【スマートボーイズアプリ】で
全5話大好評配信中!!
コンテンツ詳細は、
スマートボーイズをチェック！
http://sumabo.jp/
北村 諒
ソロイメージMOVIE
絶賛配信中!
『リアルfaces 北村 諒』

それが嫌なのだ。雛鳥は相手が親だから、信頼して甘えられる相手だから口を開くのだ。今まで散々偉ぶって、自分で何でも出来ると虚勢を張って来たのに、いきなり赤ん坊みたいに無防備に振る舞えと言われても無理だ。この人に甘えて構わないなら、迷惑をかけることが出来るなら、最初からそうしていた。

負担になってはいけないと思っていたから、同居を始めてからずっと貴志さんにとって使える居候であることを俺は自分に課していたのに。他には居場所がなかったから。貴志さんには誇るべき仕事があり、天野さんという恋人がいる。

役に立つ居候。いじましい話かもしれないけれど、それだけが俺が貴志さんの傍で堂々としていられる理由だったのに。

それが根こそぎ全部奪われてしまう。

素直に甘えて、介護を受け入れて、だけどやっぱり子供なんて面倒だな、と貴志さんに思われたらどうしたらいいんだろう。

俺はスプーンからいっそう体を退け、二人の大人からとにかく顔を逸らした。

「俺はいい。怪我が治るまで、俺、ご飯食べない。俺のことは放っておいて」

「何言ってるんだ、放っておけるわけないだろ」

「水とクッキーがあれば一週間くらい平気だってば。ほら、このストロー差したペットボトル。これだったら、両手で挟んで自分で飲めるし」

「馬鹿だな、一週間もそんなじゃ怪我もろくろく治らないよ」

「そんなのいいから。とにかく、貴志さんから食べさせてもらうなんて絶対に嫌だからっ！」

「あのさあ、史緒ちゃん」

俺のヒステリックな声を黙って聞いていた天野さんが、呆《あき》れた様子で口を開いた。

「さっきから、自分が言ってること、どれだけ馬鹿げてるか分かってる？　水とクッキー？　一週間もそんな食事続けたら余計に体悪くするぞ。それくらいだったら久保のこの焦げ焦げ炒飯の方がずっとまし」

焦げ焦げ、と言われた貴志さんはちょっとむっとしたようだ。

「でも……」

「史緒ちゃんは、これから一週間は自分じゃ何も出来ないんだよ。着替えはもちろん、体拭《ふ》いてもらったり、トイレの後始末もしてもらわないといけない。その度にいちいち恥ずかしがったり反抗して久保の手間増やすの？　ずいぶん迷惑な話だと思うけど」

俺はどきっとして体を強張《こわば》らせた。

天野さんの指摘はもっともなことばかりで、俺には反論することが出来ない。だけど、俺を悩ませているのは正論や理性では抑え切れない感情なのだ。

自分の不甲斐《ふがい》なさ、子供っぽさに、俺は目に涙を溜めて俯《うつむ》いてしまう。

貴志さんはしばらく俺の横顔を眺めていたが、さっさと先輩医師に指示を下す。

「天野さん、もう病院に戻ってください」

「えー、何だよ、史緒ちゃんが心と口を開いてお前の手料理食べる感動的瞬間を見せろよ。俺は二人を応援しようと短い昼休みにわざわざここに駆けつけ……」

「でももう昼休みも終わりでしょう。いい加減、勤務態度改めないと、師長から厳罰食らいますよ」

それでもまだ文句を言っている天野さんを部屋から追い出し、貴志さんは再びベッドの縁に腰掛ける。

「史緒」

俺は下を向いたまま、びくっと体を強張らせた。

「……だって」

好きな人に格好悪いところを見られたくない。可愛げがないなんて百も承知している。でも駄目だ。

「貴志さんに食べさせてもらうくらいだったら、天野さんの方がいい」

貴志さんが一瞬苦笑を見せた。困ったような、寂しそうな表情にも思えた。

だが、貴志さんは俺の傍から離れることなく、笑顔を見せてくれた。根気強く、穏やかに、そして優しく。

ストローつきのペットボトルで俺に水分を摂《と》らせ、気持ちを落ち着かせると、もう一度スプーンを持つ。

「来週研究会があって、病院から持ち帰ってる資料があるんだ。今日は早退もしてるし、用事はなるべく早くに済ませて仕事を片付けたい。史緒が協力してくれると助かるんだけどな」

俺ははっとして顔を上げた。そうだ、貴志さんは仕事を休んでいても、家でする作業がいくらでもあるのだ。自室に戻れば、メールや電話を使って、出来る限りの仕事をするつもりに違いない。

病人の介護で余計な時間を潰《つぶ》してる場合じゃない。

これ以上我儘を言って困らせてはいけない。

入院が嫌だと言ったのは俺で、第一、怪我をしたのだって俺の不注意なんだから。

俺はじっと項垂《うなだ》れて、貴志さんに尋ねた。

「両手のこの怪我、一週間で治る？」

「絶対に治るよ」

「…………」

一週間我慢すれば、とりあえず両手と左足は自由になる。そうすれば松葉杖を使って自力でベッドを出ることが出来るし、スプーンも自分で持てるようになるだろう。

俺はしばらく下を向いていたが、もう自棄《やけ》っぱちで口を開けた。

食べているところを見られていると恥ずかしくなるのはどうしてだろう。食欲という欲望を満たしているのを見られるのだから恥ずかしくて当然だと聞いたことがあるけれど、本当だろうか。

何とか、皿の半分ほど片付けたところで腹がいっぱいになった。

料理が不得手な貴志さんの炒飯が本当に不味《まず》いことに、ちょっとだけ、安心したのはもちろん内緒だ。トレイが下げられると、今度は解熱剤と鎮痛剤を出してくれる。

「貴志さん」

ありがとう。迷惑かけてごめんなさい。今度こそそう言おうと思ったのに、ぽかんと開けた大口を何度も見られたのだと思うと気恥ずかしくて上手く口が回りそうにない。

「洗濯機、回しておいて……」

「分かった。やっておくよ」

こうして俺の、不安で不自由な一週間が始まったのだ。

翌朝、自分のベッドで目を覚ますと、水色のカーテンの向こうはとうに明るく、時計を見ると朝の十時を回っていた。

ここの家に来て以来、こんな寝坊をするのは初めてのことだ。

無理をしてはいけない、と言われてはいたけれど、貴志さんが部屋に入って来るまでにきちんと体を起こして姿勢を正しておきたい。髪、寝癖《ねぐせ》ついてないかな。俺はベッドの上で何とか体を起こそうとじたばたして、ベッドヘッドに肘をかけようとするが結局上手く行かない。

「うう|、う|」

たったそれだけの動作で疲れてしまう。すっかり息が切れ、俺は力なく天井を眺めていた。

「貴志さん……」

頼りない声が零れた。

貴志さんは、どうしたんだろう。階下にいるんだろうか。

一応今日は一日休みを取ってると聞いていたけれど、俺が眠ってる間に急患の連絡が入って家を出て行ってしまったとか、そんなことはないだろうか。

この家に、こんな不自由な状態でたった一人。

いいや、その方がいい。貴志さんの仕事の邪魔なんか、絶対にしたくない。

だけど――一人は怖い。一人は寂しい。

「――史緒、なんだ起きてたのか」

扉が開き、貴志さんが顔を覗かせた。

「よく眠ってたから、そのまま起こさずにおいたんだ。気分はどうだ？」

「よく寝たと思うけど…ちょっとぼんやりする……」

「鎮痛剤に催眠効果があるからそのせいかもしれない。他には？」

「右足が、ちょっと痛いかも」

「うん、後で鎮痛剤飲もうな」

こちらに顔を近づけ、俺の顔を見つめる。どきっとして顔が赤くなりかけたけど、貴志さんは俺の体調を見ているのだ。額に手のひらを当てて体温を測り、下瞼《まぶた》を素早く下げて、目の動きを確かめる。

両手の親指を耳の下に添え、脈拍と扁桃腺《へんとうせん》の腫《は》れがないかチェックする。私服を着ていても、貴志さんはやはり医者だった。一連の動きにはまったく無駄がなかった。

「熱は出てないな。多分、右足のひびの影響で発熱があるかもしれない。それっぽいと思ったら必ず報告すること。じゃあ洗顔と手洗いと着替え、先に済ませようか」

「うん……」

貴志さんはベッドから俺を横抱きにして抱き上げる。

貴志さんの顔が間近にある。自分の全部を委《ゆだ》ねることにまだ抵抗はあるが、昨日、天野さんに叱咤《しった》されたことで、ある程度覚悟がついた。

まずは一階の手洗いに入る。パジャマのボトムと下着を足元まで下げられる。パジャマの上着はたいていオーバーサイズに作られているので、そう恥ずかしい思いはせずに済んだ。

便座に座らされて、用を足し、便器の中のものを見られるのは抵抗があったので少し時間がかかったが指先で何とか洗浄ボタンを押す。終わったことを扉越しに知らせると、貴志さんが入って来て衣服を元通りに直してもらう。それから洗顔だ。洗面所には椅子が運び込まれていて、俺はそこに座って口を開け、歯を磨いてもらった。水を口に含ませてもらい、うがいをする。

顔を温タオルで丁寧に拭いてもらう。

その間、俺は指一本、動かさない。

毎日何気なく繰り返している習慣なのに、何をするにも貴志さんの手を煩わせなければならなかった。最後に捻挫をしている箇所の包帯と湿布を交換する。

正直、精神的には、朝のこの一連の作業だけですっかり疲弊してしまっていた。

好きな人に世話を焼かれるということが、こんなに気詰まりだなんて思いもしなかった。

「……天野さんは？」

昨日、天野さんは勤務を終えると久保家に帰って来た。例の「あーん」を天野さんもやってみたかったらしく大急ぎで帰って来たと言っていたが、すでに貴志さんが作ったカレー――肉も野菜も焦げ焦げで、市販のルーを使ってるのにやたらと苦いカレーだ――で夕食を終えていた時間だったのでがっかりしていた。

その代わり、と着替えとトイレの面倒を見てくれた。天野さんが相手なので貴志さんほどの羞恥はないし、手際よく世話してくれたので俺は少し気が楽になった。

下のお世話は、多分あと何度か、天野さんにも助けてもらわなければならないはずだ。

「天野さんは、もう仕事に出たよ。俺は急患が入らない限り今日は休み。晩になったら、体拭いて、それから頭も洗いたいだろ？」

「……ん」

毎日入浴して洗髪もしていたのに、二日も風呂に入っていないと真冬とはいえ確かに気持ちが悪い。

ダイニングテーブルの上には、コーンフレークスに牛乳をかけたものとレモンを絞った無添加のトマトジュースが置かれている。世の中には便利なものがあって、一応このメニューで最低限の栄養はとれる。それから、キャベツの炒め物とスクランブルド・エッグ。

卵もキャベツもどうせ焦げ焦げだろうと思ったら、意外にもまともな出来上がりだ。味も塩・胡椒《こしょう》の塩梅がちょうどいい。

「これ、どうしたの？　俺、貴志さんだからきっとまた焦がして来ると思ったのに」

「ああ、ちょっとコツを聞いて」

コツ…？　誰に？

「でもなんか、キッチンから卵を焼いて焦がした匂いがしてるんだけど…気のせい？」

俺が食べてる卵は焦げてない。

俺が尋ねると、背後の貴志さんは俺の首周りにナプキンをかけながら、種明かしをしてくれた。

「いや、それが…、お前がいつもしてるみたいに、オムレツなり目玉焼きなり作ってやろうと思ったんだけど、なんかどうもうまくいかなくてな」

いきなり上級テクニックが必要なオムレツから作ろうとする辺り、行き当たりばったりというか、本当に大雑把だ。

強火で一気に温めたフライパンにろくに油もひかず、卵を二つも三つも投げ込んで、めちゃくちゃにかき回しているうちにすっかり焦がしてしまったらしい。

そうやって四苦八苦しているところに、たまたま右隣のお宅の川村《かわむら》さんの奥さんが回覧板を持ってやって来た。

ご近所づきあいはほとんど俺が引き受けているので、貴志さんと奥さんは顔を合わせたら挨拶する程度でほとんど口をきいたことがなかったはずだ。

だが、川村さんの奥さんは回覧板を貴志さんに手渡しながら、玄関まで匂う焦げた卵の異様な匂いに気付いたらしい。

「そうしたら、油をひくのを忘れてませんかってアドバイスもらったんだ。確かにサラダ油の存在を忘れてた」

炒め料理で油の存在を忘れるなんてもっての外だけど、普段本当に料理をしない人なので、

「炒め物の前はフライパンに油を満遍なくひく」という超初歩的セオリーを忘れてしまっていたらしい。

それで油を使って卵を焼いたら今度こそ焦がさずに料理が出来た。

それに気をよくして、キャベツの炒め物も作ってくれたらしい。こちらも焦げずにちゃんと出来てる。

油をひく。そんな初歩の初歩のことで、料理を焦がしてしまう問題はあっという間に解決する。

たまたまご近所さんが教えてくれなくても、本当は焦げの理由に気付いていた俺が教えなくても、ネットでも料理の本でも見たらすぐに分かる解決方法だ。

そうだ、料理なんて別にそんなに、難しいことじゃないんだから。

誰だって簡単に出来ることなんだから。

俺は貴志さんが向けてくれるスプーンに口を開きながら、なんとなく、複雑な気持ちになった。

「そういえば川村さんの奥さん、史緒くんによろしくって言ってたぞ。お前、ご近所付き合いまできっちりやってたんだなあ」

「そりゃ、家事を預かってる以上は……。貴志さんが研究会や学会で遠方に出るとき、必ず二つ、菓子折り買って来てって言ってるでしょ。あれは左右のお隣さんに渡してるんだよ。

ご近所付き合いの基本だよ」

答えながら、俺は何となく面白くなかった。何で自分が不機嫌でいるのか、その理由は、ちゃんと分かっていた。

食事が終わると、薬を飲まされベッドの上に戻される。

貴志さんは階下で茶碗洗いや洗濯に追われているはずだ。でも俺には何もすることがない。気を紛れさせようとテレビを観ていたが、真正面からテレビと向き合っていてもあんまり面白くない。テレビとは他にしなければならない用事を抱えながら、小さな罪悪感を持って眺める物らしい。

ＤＶＤをセットしてもらって、コメディ映画をかけてもらったがちっとも笑えない。ちょっと痒《かゆ》いところがあっても自分では手が回せない。

たった半日で、俺は不自由な自分の体をすっかり持て余していた。

俺がイライラし切っているのは貴志さんにも伝わっているのか、買い出しに出かけたときに、甘いお菓子や飲み物、ケーキをどっさり買って来てくれた。

俺はリビングに下ろされ、ダイニングテーブルにつかされた。やたら巨大なケーキボックスを目の前に置かれ、俺は唇を尖《とが》らせて顔をそらせる。

ちょうど痛み止めが切れかけていたこともあって、俺はいっそうイライラしながら貴志さんに抗議した。

「いらないよ、ケーキなんか。俺、甘い物食べないの、貴志さん知ってるじゃないか」

だが貴志さんは、穏やかな口調で俺を宥める。

「甘いものを食べると、血糖値が上がってイライラが治まるぞ」

「いらないったらいらないよ！　もう！　いらないものは食べないの！」

キイキイと俺はケーキを食べるのを拒否した。まるで新米の父親と幼児とのやり取りだ。

本当は、甘いものは大好きだけれど、普段は大人ぶって貴志さんの目の前では甘いものは一切口にしないようにしているのだ。貴志さんも、天野さんも基本的にお菓子は口にしないから、実はこっそりそれを真似《まね》ていた。甘いもので宥められると、怪我人以上に子供扱いされているようで頭に来る。

ケーキなんかいらない。

ケーキなんか本当は大好きだけど…今は食べたくない。

そのくせ、もしも今、ケーキを食べたら「すっごく美味しい」って思って、機嫌がすっかり直ってしまうだろうことも、俺は何故か知っている。でもどうしても、素直になれない。

甘いお菓子の前で俺はすっかり混乱していた。

おまけに、貴志さんの携帯電話に着信があった。何となく他人行儀な会話を聞いていると、仕事先からでも、天野さんや親しくしている友人でもないらしい。

だが、やたら「史緒」という単語が出て来る。俺は不思議な気持ちだったが、電話を切った貴志さんがすぐに教えてくれた。

「川村さんの奥さんが、お前の体調気にして連絡をくれたんだ」

「何で川村さん家の奥さんが、貴志さんの携帯に電話かけて来るの？」

「さっき回覧板を受け取ったとき、メモを渡しておいた。もしも俺がいない間に史緒に何かあったら、よろしくお願いしますって頼んでおいたんだ」

一家の家事を預かる身の上としてはご近所付き合いを密にするのは当然だと思っていたけれど、川村家の奥さんはまだ若くてなかなかの美人だ。しかも優しくて親切だ。

そして貴志さんは見栄えのいい、若くて独身のエリート外科医。ゲイだということはごく親しい人間にしか明かしていない。

川村さんの奥さんが、ちょっと興味を持ったとしても不思議はないんじゃないだろうか。

貴志さんは何とも思っていないみたいだけど、俺は面白くない。本当に面白くない。

こんな怪我さえしなければ、こんなに不愉快な気持ちになることもなかったのに。

「貴志さん、俺、外に出たい」

俺は自分でも思わぬ言葉を口にしていた。

「外に？」

「自分の部屋にいるのもう飽きた。テレビもつまんないし、この手じゃ本も上手く読めないし、観たいDVDもないし。すごく退屈。あと四日もあそこに閉じこもっていなきゃいけないなんて我慢出来ない」

自分でも、無茶な言い分だと思う。怪我人は大人しくベッドに横になってればいいのだ。家事を切り回して何とか役に立っている、居候の分際。役立たずでいる今は、ベッドで小さく小さく縮こまっているべきだ。我儘を言うなんてもってのの外なのに。俺は自分の暴走を止められなかった。何もかも、自由に動かないこの体への、焦燥のせいだった。

両手はままならず、足が痛む。

俺がやらなくても、貴志さんは自分でちゃんと料理が出来た。ご近所の奥さんと貴志さんが仲良く会話した。

貴志さんは困り顔で髪をかき上げる。

「ドライブでもするか？　夕飯まではまだ時間があるし、何なら外で食事をとってもいいし」

「車の中だって密閉空間じゃないか。そうじゃなくて、外の風に当たりたい」

「じゃあ、車椅子に乗せて公園に連れて行ってやろうか」

「やだよ。こんな包帯ぐるぐるの格好で人前に出るの。ただでさえ事故起こして救急車呼んで大騒ぎになったのに。近所の奥さんたちの格好の噂の的にされちゃうよ」

膨れっ面をぷいと背けて見せる。無理難題、我儘放題。

貴志さんはしばらく考え込んでいた。

「じゃあちょっと待っててくれるか?」

俺をリビングのソファに座らせると、上着を着せ、マフラーでぐるぐる巻きにする。

何をするつもりなんだろう。

不思議な気持ちで、貴志さんの動きを目で追った。

貴志さんはリビングの扉を開けると、タイルが敷かれたテラスに小ぶりなテーブルと椅子をセットする。さらに足元には、家の中からコードをぎりぎりまで延ばして電源を入れたストーブが二つ。

大仕事なのに、貴志さんは面倒そうな素振り一つ見せない。心地よく整えられた場所に招かれ、柔らかい毛布に包まれる。

「体冷やすと不味いから、ちょっとの間だけな」

そこに熱い紅茶が入ったマグカップと、さっきの大きなケーキボックスが運ばれて来た。

「食べるだろ? うちの病院のナースの間で美味いって評判の店で買って来たんだ。種類もたくさんつめてもらったから、好きなのいくつか選んで食えよ」

……何でここまでしてくれるんだろう。

何でこんなに優しくしてくれるんだろう。ここまでされたら、俺だってもう、我儘なんか言えなくなる。

俺は、生クリームがたっぷり挟み込まれたブルーベリーのショートケーキと、渋い色合いのモンブランを選ぶ。ちゃんと蜂蜜を用意してくれていたので、ティースプーンで三杯、シヨートケーキにかけてもらった。

「……おいしそ」

小さく呟くと、貴志さんが微笑したようだ。

もちろんここでも甘いケーキを「あーん」させられる。ケーキはとても美味しかった。

この寒い中わざわざテラスに出てケーキを食べてるなんて、もしも外の道を通った人が見たら、ちょっと異様な光景かもしれないけど。俺はちょっと嬉しくて、でも照れ臭いのでずっと拗《す》ねた顔をしていた。


夕食は月見うどんだった。

だしとうどん玉とねぎを買って来て、それをとにかく土鍋で煮詰めたものらしい。炒め物ではないからもちろん焦げはない。うどんなんて多少煮立てても不味くなるわけでもないし、問題なく食べられた。

「貴志さん、ご飯作るの大変だったら、俺、店屋物でも平気だよ。ピザとか、中華とか」

「――いや、いつもお前には手料理を拵《こしら》えてもらってるから。下手でも手作りさせてもらうよ」

「ふうん……」

料理が得意でないなら、外部に注文した方がずっと合理的なのに。

それに、俺の専売特許である家事を、もうこれ以上貴志さんに覚えて欲しくない。

「悪いな、不味いものばっかり食べさせて」

「別にいいけど。貴志さんの腕に最初から期待なんかしてないよ」

つんつん、と答える。

夕食を終えたその直後、貴志さんの携帯電話が鳴った。また川村さんの奥さんかとついぴりぴりしたら、病院からの緊急呼び出しだ。

「史緒、ごめん。緊急の呼び出しが入った。悪いけど、すぐに出る」

「うん、行って来て」

俺は寧《むし》ろほっとしていた。貴志さんと二人きりでいると、少しだけ気詰まりだ。貴志さんと一緒にいられるのは、もちろんすごく嬉しいけど……一つ屋根の下にいるということは、貴志さんの手を煩わせてばかりになってしまうから。

「困ったことがあったらまず俺の携帯に電話して。緊急事態なら、お隣さんに連絡すること。八時過ぎには天野さんがこっちに帰って来るから」

出勤のため、ワイシャツを着ながら俺の部屋にやって来て暖房の調節をして、今度はネクタイを締めながら窓の鍵が閉まっているか確認する。俺はベッドの上からイライラとその様子を眺めていた。

貴志さんに急な仕事が入ったら、俺が率先して動くのが常だった。スーツを用意して、玄関に靴を出して、いってらっしゃいと送り出す。

このイライラは、歯痒さは、それが出来ない自分に向けられたものだ。そして耐え難い焦燥。

このまま、俺がいなくても充分に生活が出来るものだと思われたらどうしよう。

「史緒、トイレは？　今行かなくて大丈夫か？」

「全然行きたくない。俺は大丈夫だから急ぎなよ」

こんな風に緊急呼び出しがかかることもあるだろうと、トイレの回数を減らしたくて、なるべく最低限の水分しか摂らないようにしていた。

貴志さんは水分はたっぷり摂るように言ってくれたけど、ストローに唇をあてて、飲んだ振りだけをしていたのだ。

「多分、あと二時間もしたら天野さんが帰って来るから。それまで、ベッドで大人しくしててくれ」

貴志さんが出かけてからも、俺の情緒不安定はまるで治まらない。気晴らしに眺めていた料理番組で、びっくり節約メニューで美味しいコロッケの作り方を実演していた。

貴志さんが好きそうなメニューだ。

「ふうーん、今度やってみよっかな…」

いつもの癖でメモを取ろうと思ったが、いつも使っているノートは書架の上だ。自力ではとても取り出せない。

だいたい、今のこの手の状態ではペンを持つことすら出来ない。

「……もー、退屈だよー…」

そんなことで愚痴を呟いているうちはまだ良かった。俺は徐々に、自分が大変な事態に陥っていくのに気付いた。食べて飲んだら、次は必ず排泄という行為が待っている。たとえ節制していても。

どうしよう。――トイレに行きたい。

水分はなるべく摂っていないつもりだったのに。出て行く前の貴志さんにトイレを尋ねられたときも、まったくもよおしてないって答えたのに。

俺は少しずつ、焦りを感じていた。

小用だが、普段ならトイレに向かっているくらいの感覚だ。意識を逸らそうとすればするほど、だんだん下腹部から意識を逸らせなくなる。まさか、ベッドの上で粗相をするという最悪の事態だけは避けなければならない。

貴志さんが急患で呼び出された場合、患者の容態がすぐに安定して五、六時間で帰って来ることもあれば、丸一日帰って来ないこともある。

天野さんがこちらに来てくれるという話だったけれど、貴志さんが出て行ってからもう三時間も経《た》っていた。

「天野さんの嘘つき……っ」

泣きたい気持ちで呟く。

そうこうしているうちに、欲求は誤魔化せないほど切羽詰まってきた。

誰にも頼れない状況だ。このままだと、ベッドを汚してしまう。俺が自分でなんとかするしかない。

包帯を巻かれた二の腕を伸ばし、肘をベッドヘッドにかけるようにして何とか上半身を起こすと、ベッドの横に立て掛けてあった松葉杖を肘に引っ掛けて引き寄せる。ベッドに腰掛けた姿勢で、松葉杖を脇に挟んだ。大丈夫だと思う。病院で高さの調整はしてもらっているし、一応の使い方は教えてもらった。

けれど、立ち上がった瞬間、体重をかけた左足から一気に激痛が起こり、俺はその場に立ち尽くしてしまった。

せめて片足が健常でなければ、松葉杖を使うのはとても難しい。

「う……」

左足の痛みに怖気《おじけ》づいて、つい右足に体重を乗せると、目から火花が飛び出すような激痛に襲われた。

四肢に怪我をしている今の状況で、二本の松葉杖を使いこなすのは途方もなく難しかった。

仕方なく、俺は松葉杖の一本を床に転がすと、もう一本に両腕でしがみついた。それを杖のように支えにし、左足の痛みを覚悟して、ほんの少しずつ前進した。

左足を踏み込む度に、痛みががんがんと脳天に響く。脂汗が出そうだった。それなのに、進めるのはほんの十センチずつ。

その間も、尿意はどうしようもなく強いものになっていく。こんなに切羽詰まってからじゃなくて、もっと早くに動くべきだった。

足が痛いから、手首が痛いから、天野さんか貴志さんが帰って来るのを待っていよう。

そんな甘えが俺の中にあったんだと思う。世話されるのには抵抗があるくせに、俺には本当に一人きりになるという覚悟がまだ出来てなかったんだ。

廊下に出て、俺は壁に寄りかかりながら大きく溜息をつく。

万一、もしも万一トイレに辿《たど》り着けなくて、廊下で粗相をしたらどうしよう。

天野さんが先に帰って来てくれたら、多少はからかわれるだろうが、きちんと処理をしてくれるだろう。だけど、貴志さんにそんなところを見られたら。

トイレのドアノブまであともう少し。座椅子に座ることさえ出来たら、ズボンと下着を何とか引き下ろせたら。

ぜいぜいと息が切れる。気が遠くなりそうだった。だけど、自分でするしかないのだ。

ところが、もう一歩踏み出した途端、俺の体は大きく右に傾いだ。

「あっ、あ！」

体重のかかった右足の痛みに堪え切れず、膝からがくっと折れた。右側から廊下に転んで、途端、堪えに堪えていた欲求が、止《と》め処《ど》なく溢れ出すのを感じた。

「あ……」

下半身から奇妙な開放感と共に、体がぶるぶると震える。

じわっと、尻の下に大きな水溜りが出来た。俺は呆然《ぼうぜん》と自分の下半身の有様を眺めていた。

その時、階下の玄関で鍵を開ける音がした。天野さんが、来たのかと思った。

「史緒？」

一瞬、気が遠くなる。最悪のタイミング。天野さんではなく、帰って来たのは貴志さんだった。患者の容態が思いの外、早くに落ち着いたのだろう。

史緒、と名前を呼びながら、階段を上がって来る。

俺は絶望的な気持ちで、包帯で巻かれた手で頭を覆い隠した。そんなことをしたって、自分がした粗相から逃げられるはずがないのに。

貴志さんの足だけが見える。不思議そうに問いかけられた。

「史緒？　こんなところで何やってる？」

「…………」

「天野さん、まだ来てないんだな。あっちも急な仕事が入ったらしくて、どうしても抜け出せなかったってさっき聞いて、俺も長時間お前を一人にしたって大慌てで帰って来たんだけど――」

コートを脱ぎながら、こちらに近づいてくる。

頭を抱え込んだまま身動きもしない俺に、貴志さんは不審を募らせたようだ。

「史緒？」

「こっち来ないで」

俺は震えながら小さく呟いた。

「どうしたんだ？　どうやって自力でここまで来たんだ？　どうしたのか、言わなきゃ分からないだろ」

「いや！　来ないで！　あっちに行って！　来たら死ぬから！　ほんとにやだ！」

だが、騒げば騒ぐほど何か不味い事態が起きていることを喧伝しているも同じだ。貴志さんの位置からも、俺が座っている板張りの廊下に大きな染みが出来ているのが分かっただろう。

「ああ、間に合わなかったのか」

そんなことか、良かった。

貴志さんがほっと溜息を吐くのが分かった。

そんなこと？　この歳で、トイレに行けなくて、……お漏らししたのがそんなこと？

だけど貴志さんは俺の傍に片膝をつくと、本当に何でもないことのように俺の様子を見てくれる。

「包帯やギプスは？　濡れてないか？」

「…………」

「寒かったろ、気にしなくていいから、体拭いて着替えて、ベッドに戻ろうか」

腕を差し伸べられ、抱え上げられる。俺は一瞬、その腕を拒んでかぶりを振った。

「スーツ、汚れちゃうよ……っ」

「どうでもいいよ、そんなこと」

質のいいスーツが濡れてしまうことに、まったく頓着していない様子だ。

貴志さんは何でもないことのように振る舞っているが、俺は羞恥のあまり、居た堪《たま》れなくてもう言葉もない。

このまま気絶してしまいたいくらいだった。

あれだけ我儘を言って、怒ったり拗ねたりしたのに、十六歳にもなってお漏らしなんて。

しかもその始末を貴志さんにさせてしまった。全裸に剝かれて怪我を庇《かば》いながら汚れた下半身を洗われても、髪を洗われても、もう不貞腐れる気力もなくて、無抵抗でいるしかなかった。


翌朝目を覚ますと、出勤した貴志さんの代わりに久保家にいたのは天野さんだった。

手はずは貴志さんと事前に打ち合わせていたらしく、朝のトイレから洗顔までの流れを済ますと、ダイニングにつかされる。

貴志さん以上に大雑把な天野さんに台所をいじられると思うとものすごく心配だったけど、目の前に置かれた土鍋には意外にもとても美味しそうな卵粥《たまごがゆ》が入っていた。

「昨日ごめんな、俺があいつより先にこっちに来る予定だったんだけど、急な仕事が入って、ちょっと外部に連絡する余裕もなくてさ」

「それはいいんですけど……お粥、天野さんが作ってくれたの？　レトルトじゃなくて？」

「うん？　そうだけど」

「天野さんって、料理しないんだと思ってた」

天野さんは俺の隣の席についた。ちょっと長めの金褐色の髪は、首の後ろで一つに縛ってある。

「いや、多少はするよ。まあ基本的に外食か、この家で食べさせてもらったりするけど。もうずっと一人暮らしだから簡単なものくらいはね」

「でも、貴志さんもずっと一人暮らしだけど、全然料理出来ないよ？」

今は、卵料理とかうどんくらいは作ってくれるけど。それを聞いて、天野さんは肩を竦める。

「あれは、久保が異常なんだよ。あれがメス持ってるんだと思うとおっそろしくて外科の世話になりたくないとつくづく思うね」

卵粥を一口一口食べさせてもらいながら、俺は天野さんにこんなことを聞いてみた。

「貴志さんに……」

「んー？」

「貴志さんに、俺のご飯は別にデリバリーでいいよって言ったんです。だって貴志さん、ただでさえ忙しいのに。一生懸命やってくれるけど、…だけどそれは駄目だって言って、手作りしてくれるんです」

「あー、デリバリーはちょっとね。特に史緒ちゃんの場合は。外で作ってある物は、材料に何入ってるか分かんないだろ」

それを聞いて俺も理解した。

「あ、そっか。俺、豚肉とほうれん草、駄目なんだった」

「そうそう。特に今は薬あれこれ飲んでるし、体も弱ってるときだから、なるべく刺激物は控えた方がいいんだよ」

そうか、だから貴志さんも無理をして手料理を拵えてくれているのだ。

――あれ？

アレルギーがあること、いつ貴志さんに話したんだろう。

「でも俺、貴志さんにアレルギーのこと、話してないのに……それに、ケーキは外のを買って来てくれたし……」

「だって今年の夏、史緒ちゃん中華料理の肉団子にあたったろ？」

「え？」

「ケーキは前にばくばく食べてたじゃん。何か蜂蜜山ほどかけてさ。そこの店のケーキだから大丈夫だと思ったんじゃないの？」

俺は不審な気持ちで顔を上げた。

中華料理？　肉団子？

ケーキに、蜂蜜をかける――？　そうだ。それが当たり前のような気がしていたけど、普通は、買って来たケーキに蜂蜜なんか、かけない。

「分かんない……中華料理の肉団子……、俺、いつからケーキに蜂蜜かけるようになったんだっけ」

天野さんが一瞬、はっとしたように唇を閉ざした。いつもふざけてばかりいる人が、その瞳に酷く冴えたものを走らせる。

それから何でもないように、軽やかに笑ってみせる。

「ああ、ごめんごめん。アレルギーのことは久保には俺から話しといたんだ。こんな状況で、また病院に担ぎ込まれたりしたら難儀だもんな。お、久保からメール」

じゃあケーキのことは？　蜂蜜のことは？

だけど、俺は天野さんがシャツのポケットから取り出した携帯電話に目を奪われた。

今時、とびっくりされるけど、俺は携帯電話を持っていない。貴志さんは持つように勧めてくれるけど、居候の立場で贅沢と思って断っていた。なので俺は携帯でメールのやり取り、というものをしたことがない。もちろん、今持っていたってこの手じゃ操作出来ないけど。

貴志さんが打ったメール。ちょっと見てみたい気がする。

天野さんは俺の視線に気付いたようだ。

「読もうか？　『史緒は元気にしていますか？　今は普通の体ではないので、いつものようにからかったり興奮させたりしないでやってください。食後には白湯《さゆ》で薬を飲ませて……長いから省略……なるべく急いで帰ります。土産にケーキを買って帰りますが、他に欲しい物があるか、史緒に聞いてください。久保』…何だこれ、保護者っつーか、恋人かよ？」

際どい冗談に、すうっと血の気が引いた。

天野さんは携帯電話を片手にげらげら笑いながら、俺に尋ねた。

「何か欲しいものある？　今なら恋人クラスの我儘言い放題だぜ？」

「……何でそんなこと、言うんですか？」

思わず、低い声が出た。

天野さんがきょとんと、俯く俺の横顔を見遣《や》る。

何か怒らせるようなこと言ったっけ？　そんな表情をしているに違いない。

「だって、貴志さんの恋人は……天野さんでしょう？　何で俺のことを、……俺なんかのことが、貴志さんの恋人みたいとか、そんな冗談言うんですか」

怒りながらも、惨めさと理不尽さに、天野さんの顔を見ることが、出来ない。

「俺だってちゃんとそれくらい分かってます。だって俺が『バカホモカップル』って言っても、二人とも否定しなかったじゃないですか」

いつも仲がいいし、朝からべたべたしてるのも見たことがある。

「あー、ねえ」

天野さんが仕方がなさそうに、肩を竦める。子供みたいにぺろっと舌を出した。

「だって久保が否定するなって言ったんだもん。俺と久保は恋人同士だってそういうことにしとけって」

「貴志さんが？」

「奴とはほんと、大学時代の先輩後輩でしかないんだ。まー色々一緒に悪さもしたから今も仲がいいってだけで」

　俺は信じ難い気持ちで眉根を寄せて天野さんを見た。

「嘘ついてたの…？　何でそんなこと？」

「だってさあ、史緒ちゃん潔癖だろ。久保がゲイだってんで、ただでさえ毛嫌いしてるのに、フリーだってことばらしたらますます危機感募らせちゃって警戒するだろ。まさかレイプされるかもしれないとかさ？」

「そんなことっ、思わないけどっ」

「いいって、仕方がないことだよ。あいつも馬鹿正直に申告しなくてもよさそうなもんなのにね。まー一緒に暮らしてて、三十も近い男が女の匂い一つしなけりゃどの道不審に思うだろうから。あいつはあいつなりに、ちゃんと史緒ちゃんのこと考えてるんだよ」

　それは、ちゃんと分かってる。特に、大怪我をした夏以降からの貴志さんの思い遣りは、俺も深く感じていた。けれどそれにどう反応していいか分からないまま、また大怪我をするというこんな事態に突入してしまったのだけれど。

「史緒ちゃんさあ、前から思ってたんだけど、そうやってぐるぐる勝手に悩んで怒ってないで、何でも聞けばいいじゃん。俺なんかほんと口軽いから、黙ってろって言われたことでも、聞かれたらぺらぺら答えるよ？」

　俺は俯いてしまう。自分が何を知りたいのか、何を悩んでいるのか、俺自身にもよく分からなくなっていた。

俺がすっかりお腹いっぱいになってしまったので、天野さんは同じ匙を使って残りの卵粥を食べ始めた。

「俺と奴に騙《だま》されて、怒ってる?」

「いいえ……」

「大目に見てやってよ。あいつが不器用だって分かってるだろ? 優しくしたいときも、思いやるときも変に力入って不自然になっちゃうんだよ。もっとも――」

天野さんが、包み隠さず本当のことを教えてくれたのは嬉しかったし、有り難かった。

だけど、貴志さんには性悪、と呼ばれる美貌を持つその人は、俺を呆然とさせる言葉を、にっこりと笑って口にする。

「今、あいつには好きな子がいるんだけどね」


ケーキとドーナツ。それが貴志さんの今日のお土産だった。

天野さんは一頻《ひとしき》り、いつものように貴志さんと賑やかしく会話した後、自分の家に帰って行った。

今日は、俺は「甘いものなんて食べない」などと文句は言わず、素直にケーキとドーナツを一つずつ食べた。蜂蜜はかけなかった。何となく一味足りない気がしたけれど、深く考えることが出来なかった。

天野さんから知らされた事実で頭がいっぱいだったのだ。

天野さんは貴志さんの恋人じゃない。だけど、貴志さんには別に好きな人がいる。

夜になり、俺は自分のベッドで眠っている。ふと目を覚ますと、貴志さんはすぐ傍で、椅子に座ったまま眠っていた。

――疲れてるんだな。

当たり前だ。通常の勤務に加えて、俺の面倒まで見ているのだ。

仕事先で病人を診て、自宅でも怪我人を診て、気が休まる時間がないに違いない。今日天野さんが言っていた、「好きな人」に会う時間はちゃんと確保してるんだろうか。

その途端に、俺は胸が塞がれるように、苦しくなった。

天野さんは貴志さんの――恋人じゃない。

二年半、ずっと騙されていた。いいや、騙してくれていた。

俺を不安にさせないように、きちんと大人の恋人がいるから安心して暮らしていいという貴志さんの気遣いだったのだ。俺が知らない場所で、貴志さんがどれだけ俺に気を遣ってくれていたか、今になって思い知らされる。

好きな人に恋人がいるという事実はとても悲しい。寂しくて切ない。だけど天野さんが貴志さんの恋人だと信じていた間は、目の前でキスされたり、いちゃいちゃされながらも、――どこかで、俺の目の届く場所での恋愛だからと自分を慰めていたような気もする。貴志さんが今、どんな恋愛をしているか、何も知らないよりは知っている方が、まだ苦しくないと思う。

俺は眠る貴志さんをじっと見つめている。

眼鏡は外してある。しっかりとした肩、胸の前で組まれた手。長い指。

あの手に触りたいな。あの手に触っていいかと尋ねて、いいよと言われてみたい。

だけど、貴志さんには好きな人がいる。天野さんは恋人ではなかったけれど、貴志さんにはちゃんと好きな人がいる。

俺は貴志さんの恋をいじいじと観察する第三者ですらない。

貴志さんの好きな人ってどんな人？　どこで知り合ったの？　綺麗な人？　天野さんみたいな、綺麗で、だけど摑み所のないような人？　それとももっともっと、別の魅力がある人？

――貴志さん、貴志さん。

貴志さんが目を覚ましたら、ちゃんと言おうと思った。

多分、今しかない。徹底的に迷惑をかけている今だから素直になれる。迷惑かけてごめんなさいと、ありがとうとちゃんと言おう。

俺には、貴志さんが好きだなんて、絶対に言えないから。

せめて、その言葉だけは、きちんと口にしよう。

俺はじっと、組まれた貴志さんの両手を見つめていた。


カーテンの隙間《すきま》から、柔らかい朝の光が溢れていた。

睫毛《まつげ》の先をかすめるそのきらめきをぼんやりと見つめていると、カーテンが気持ちよく、左右に開かれた。貴志さんがこちらを振り返る。

「おはよう」

「……おはよ……」

俺は無意識のうちに枕から頭の位置を大きく外し、貴志さんが居眠りしていた椅子に近い、ベッドの縁に体を丸めるようにして眠っていた。まるで飼い主を恋しがり、傍で眠りたがる子犬みたいに。

もしかして、寝顔を間近で見られた？

ちょっと気恥ずかしい気持ちだったが、貴志さんは寝癖がついた俺の髪を手櫛《てぐし》でさっと整えてくれる。

「トイレと洗顔を済ませようか」

「ん……」

寝ぼけ眼《まなこ》で応じる。俺を抱き起こすために、貴志さんの指先が体に触れる。優しい手。昨日、夜闇の中で俺がじっと見つめていた指先。体を起こされ、その手が掛け布団にかかったそのとき、俺ははっと息を呑《の》んだ。

「あ………！」

前屈《まえかが》みになって、捲《めく》り上げられかけた掛け布団に両手を乗せる。

「ちょ、ちょっと待って貴志さん」

「どうした？　どこか痛むか？」

俺は慌てて拒否を示した。

「そうじゃなくて、でも、だ、駄目、ちょっと今……」

俯いて、耳を真っ赤にしてぶんぶんかぶりを振る。

怪我をして四日、色んなことがあってすっかり、なりを潜めていたけれど。せっかくだったら一週間大人しくしてくれていたらいいのに。

でも何てどうしようもないんだろう。俺の性器は、所謂朝立ちで己の元気をしっかり示していた。

馬鹿。ばか、本当にばか。昨日、粗相したばっかりで、あんなに恥ずかしい思いをしたのに。

　それなのに、どうしてまた、貴志さんの前でこんなことになってしまうんだろう。朝の男の生理だからどうしようもない、と笑い飛ばせるほど俺は大人になれない。

「ち、ちが……、これは、あの、別に変な夢とか見てたんじゃないからっ」

　俺はぎゅっと目を閉じて、益体のない言い訳を必死に口にする。貴志さんがどんな顔をしているか、とてもじゃないけど見られなかった。

「ごめん、貴志さん部屋出て………ちょっと待ってて。じきに、治まるから」

　もちろん、貴志さんも俺の体の状態を理解してくれてる。そう思ったのに。

　ところが、貴志さんは俺の哀願を聞くどころか、さっさと上掛けを剝ぐと、抵抗の出来ない俺を再びシーツの上に横たえてしまう。何をされるか分からないまま、パジャマのズボンを下着ごと引き下ろされてしまった。

「あっ、あっ！」

　俺は派手に狼狽した。

　横になっていても、首を持ち上げれば自分の性器の状態ははっきり見えた。

　上着の裾も臍《へそ》の辺りまで捲り上げられ、手足を動かせないまま、俺の性器は元気いっぱいを貴志さんに誇示している。しかも貴志さんは、そこをじっと検分しているのだ。

「や、や……っ」

体を拭いてもらうときに、そこもさり気なく綺麗にしてもらうけれど、こんな風にじっと見られたことは一度もない。

「ああ、良かったな。ここが元気なら、体も元気っていうことだ」

「そんな問題なの……!?」

「どこだって、元気に越したことはないよ」

そう言われても、体は怪我ばかりしているのに、そこばかりはきっちり元気なのだと思うと羞恥は何倍にも膨れ上がる。

「も、あんまし見ないで…、もうパンツはかせて」

恥も外聞もなく、涙目で訴える。

「貴志さん、パンツ……」

必死な気持ちで見上げると、貴志さんは唇に、淡い微笑を浮かべていた。

その手が、昨日、俺が見つめながら眠った貴志さんの手が、ゆったりと俺の性器を包み込んだ。

腰に、びくりと衝撃が走る。

「は………!」

「怪我してからもう四日だもんな。大分溜まってるだろ?」

「そんな……」

俺は真っ赤になってかぶりを振った。

「史緒くらいの年齢の男子なら仕方がないよ。今治めても、昼寝してる間に夢精して下着汚すの嫌だろ？」

それはすごく嫌だけど。だけど今、逃げられないこんな姿勢で、貴志さんに性器を掴まれている状態は、もっと受け入れ難かった。貴志さんが何をどうするつもりなのか、――まさか。

「い、いや……、いやだ……」

俺は可動域で腰を捩《よじ》らせる。

そんな些細な抵抗など気に留めるでもなく、貴志さんはじっと自分の手元を見下ろしているようだ。そうして、抵抗できない俺を怖がらせないように、ゆっくりと手を動かす。くびれの辺りを小刻みに、丁寧に扱《しご》かれている。

俺はこれまで、自分の手での自慰しか経験がなかった。

自分の手も、他人の手も、それほど大差ないだろうと無意識に考えていたけど、実際には全然違う。大人の貴志さんの手のひらは俺の手とは違い、とても大きく、とても優しかった。勃起したものを充分に包み込んでしまう。人肌に包まれる快感に、俺の性器はますます充溢を始める。

「や……っ、や……、ひゃ……」

皮が引き攣《つ》れたような場所があり、そこを軽く、引っかかれた。びりびりと、甘く切ない快感が怪我をしている四肢にまで響き渡る。

「はあ、は…、は……」

恥ずかしいけれど、今の刺激がもっと欲しい、と無意識に腰を軽く浮かせると、足に悪いから、と手が引かれてしまう。

貴志さんはやんわりと微笑した。

「やだ……意地悪しないで……っ」

「してないよ。史緒の怪我の具合を見ながら丁寧にしてるだけだ」

だけど、他人の手ではどこを、どんな風に触れて来るか分からない。危機感がこんなに甘く、体を鋭敏にするものだなんて、俺は少しも知らなかった。

勃起した性器の中心を通り抜け、熱い滴りが後から後から溢れ出す。透明な先走りは親指の腹で先端の粘膜を逆撫でするようにすくい取られ、押し戻すように軽く抉《えぐ》られる。

「あっ、あ――――、あ――――……っ」

びくびく、と愛撫の度に体が大きく震える。俺は、自分がもうこの愛撫に耐えられないことに、気付いていた。

「やだ……、見ないで、お願いだから見ないで……」

「見ないから、我慢しないでいきなさい」

嘘つき。さっきからずっと俺の反応を見ているくせに。汗がにじんでいる腿《もも》のつけ根も、はちきれそうな性器も、快感に溺れる表情も、全部。

「何で…、なんでこんなことするの…？」

俺は語尾を震わせながら、貴志さんに尋ねた。

きっと、治療の一環とか、風呂や手洗いを手伝うのと同じようなものだとか、そんな答えが返って来るのだと思った。

けれど貴志さんは何も答えてくれない。

はあ、はあ、と忙《せわ》しない呼吸が唇から零れる。切羽詰まって、時折しゃくりが混じった。

「貴志さん、貴志さん……お願い……」

もう、ここで許して欲しい。最後の瞬間を見ないで欲しい。けれどその哀願は聞き入れられなかった。そっと頭を抱き寄せられ、貴志さんの肩口に額を押しつけられる。

巧みな手淫で、最後の追い上げが始まった。先走りが泡立つ、くちゅくちゅという水音が俺の耳に悩ましく聞こえる。

「………いやぁ……っ」

「史緒」

耳元で、そう優しく囁《ささや》かれた瞬間、限界がやって来た。軽く先端の皮膚を引っ掻かれた途端、俺は小さな悲鳴を上げて、欲望を解き放つ。

迸《ほとばし》る熱い体液は、貴志さんの手のひらで、全部受け止められる。

「――――――っ‼」

絶頂を極め、抱き締められたまましばらく体が細かく痙攣《けいれん》する。どっと汗が噴き出し、同時に涙がこみ上げて来る。

「………っく、………ひ……っ」

羞恥が極まって、嗚咽《おえつ》を必死に堪えた。

「なんでこんなことするんだよ」

好きな人が、いるくせに。

俺なんかじゃない、別の人に恋してるくせに。

「イヤって、本当にやだって何回も言ったのに………、貴志さんの馬鹿っ、馬鹿っ！」

泣きながらも必死で悪態をつく俺の体を清め、衣服を整えながら、貴志さんは俺を宥める。まるで痛い注射を打った後、泣きじゃくる子供を慰めるみたいに。

「分かった、ごめんごめん、嫌だったな」

「嫌いだよっ、大嫌い……」

俺は何回も何回も、嫌い、と繰り返した。信じられない。貴志さんの、その手で、射精させられてしまうなんて。

何でこんなことになったんだろう。

昨日の夜、せっかくありがとうを言おうと思ったのに。

優しくしてくれて、俺のことを思いやってくれてありがとうって絶対言おうって思ったのに。こんなことをされた後でお礼なんて言える訳がなかった。


俺は泣いた後の腫れぼったい顔で、ベッドヘッドにもたれている。

朝の一連の介護を受けた後、俺はベッドに戻された。正午を過ぎて、貴志さんはこれから病院に出勤する。交替で、天野さんがこっちに来てくれることになっている。

「じゃあ、行って来るから」

だけど恥ずかしくて恥ずかしくて、とても貴志さんの顔を見られない。

「ん……」

「今朝のこと、まだ怒ってるのか？」

「今朝のこと」を思い出して、いきなり顔に血が上った。

「違うけど……っ、別にもうあんなの何でもないっ！　ああいうのもお医者さんにしたら治療の一環なんだから！」

ちょっと涙を見せてしまったが、大したことはなかった！　と精一杯見栄を張ると、貴志さんは分かったよ、と笑って片手を上げた。

「じゃあ、もうじき天野さんがこっちに来るから。一時間もかからないだろうけど、それまでにもし腹が空いたら、そこのお握り食べること。トイレが間に合わなくなったときは、川村さんに電話しなさい。事情は俺からきちんと話しておいたから」

「はい……」

扉がぱたん、と閉められる。とん、とん、とん。貴志さんが階段を下りる音。

好きな人の気配に、体がより敏感になっている。玄関のドアノブに触れる、その長い指先を思うと、また体がまた熱くなる。

思い出すと、ぞくぞく体が震える。

最後の瞬間、貴志さんは史緒、と優しく呼びかけてくれた。

俺はぎゅっと目を閉じた。

俺にはセックスの経験がなかったけれど、好きな人の腕の中で、好きな人にあんな風に名前を呼ばれる。それは今まで知らない世界の幸福だった。

だけど、貴志さんにとっては、きっと何でもない、それこそ治療の一環程度に過ぎないのだ。認識の差異が、今の俺にはあまりにも残酷だった。

枕に頬を押しつけていると、どうしようもなく涙が溢れた。

どうして俺は、こんなにあの人を好きになってしまったのだろう。

大人と子供、家主と居候、そして現在は医者と怪我人。

近付きたい、追いつきたいと思うのは俺ばかりで、だけど貴志さんとの距離は少しも縮まってくれない。その焦燥を言葉にも出来ない。その上、叶わない恋心まで抱いているなんて。この気持ちがばれたら、身の程知らずの馬鹿な子供だときっと笑われる。

そんな風に、取りとめもないことを考えながら、ベッドの上をごろごろとしていた。窓の外で雨音が聞こえ始めた。最近天気が崩れやすいなと思いながら、ベッドヘッドに肘をかけて、上半身を起こす。

じっと部屋に籠っているので、余計に気持ちが塞ぐのかもしれない。

雨の降る様子が見たい。雨の匂いをかぎたい。

「んー……」

両手を使い、何とか頑張って、窓のロックを下ろす。ガラスをスライドさせると、ひんやりと湿気た風が頰を撫でた。ささやかながら、達成感に浸っていると、思わぬ強い風が雨粒と共に吹き込んで来る。机の辺りでばさばさと本が捲れるような音が聞こえ、俺は慌てて窓を閉じる。

濡れたりしなかっただろうか？

何の本を置きっ放しにしていたんだろう？

昨日、ここの椅子で眠っていた貴志さんがこの部屋に持ち込んだ高価な専門書とかだったらどうしよう？

　俺は思い切って、ベッドを下りることにした。上半身をベッドから少しずつ滑るようにずり下ろし、怪我のない肘を床につける。左右の足は慎重に、決して衝撃を与えないように一本一本、床に下ろした。

　そして匍匐《ほふく》前進の要領で机に近付き、右手で見えない机上を探ってみる。

　すると、一冊のノートが床に落ちた。持ち運びしやすいB6サイズのやや厚みがある、俺が二年半使い込んだノートだ。それを見て、俺は愕然とした。

　――嘘。

　何でこのノートが机の上にあるんだろう。このノートの定位置は、学習机の左側に置かれた書架の一番上の段と決めている。今、窓から吹き込んだ風で書架から落ちて来たんじゃない。その前から、机の上にあったようなのだ。

　誰かが書架から取り出して、この机に置いたとしか説明出来ない。誰か――多分、貴志さんが。天野さんは俺が起きている間にしかこの部屋に出入りしていないからだ。

　貴志さんが、俺が眠っている間に書架からこのノートを取り出した？　どうしてこのノートを？　確かに使い込まれていて、学校で使っているA4サイズの学習ノートの中では目立つかもしれないけど。貴志さんが、俺の書架に許可なく触ったりするとも思えないのに。

　でも、このノートは俺自身の手ではなく、貴志さんの手によって机の上に置かれていた。

そしてそこに書かれた内容は、貴志さんには決して見られてはならないものだった。

メモ帳には、貴志さんに関する事柄ばかりが記されているのだから。

貴志さんの生活パターンや食べ物、衣服の好み、休日の過ごし方。コーヒーや酒の銘柄などを事細かにメモしている。

二年前、一緒に生活を始めてほんの数日で貴志さんがあまり家事が得意ではないと気付いた。俺はそこに自分がこの家にいられる理由を作ろうとした。

完璧でありたい。一度覚えたことは絶対に忘れない。同じ失敗は繰り返さない。

けれど、俺も、貴志さんとの生活を始めるまでは普通の中学生だった。母親が病気を抱えていたので多少のことは出来たけど、それほどまめだったわけではない。

だから覚えるべきことはノートに記して持ち歩き、何度も復唱した。そうしたら半年も経たないうちにこの家で完璧に家事をこなす中学生男子に成長していた。まるで貴志さんとずっと生活していた、家族みたいに。

貴志さんの嗜好でノートを一杯にしながら、時折、その時心を占めていた言葉を、思うままにしたためた。

決して口には出来ない、――貴志さんへの思いを。

怪我をして、ご飯を食べさせてもらったり、体を拭いてもらったり、トイレの面倒を見てもらったり、あまつさえ性欲まで処理されてしまった。普通だったらずっと隠していたいような体の部位や、格好を見られてしまった。

それだってすごく恥ずかしかったけれど、だけど、このノートだけは駄目だ。このノートは、俺の有りのままの心の発露が書かれていたから。心の中を見られるのは絶対に嫌だった。

それも、俺が気付かないうちに。

貴志さんは、このノートを読んでどう思ったんだろう。

俺はフローリングの上に倒れたまま呆然としていた。どのくらいそうして過ごしていたか、分からない。

「……ちょっと、何やってんの史緒ちゃん」

天野さんの声だった。そうだ、今日は外来診察を終えたら、こっちに来てくれる約束だった。

相変わらず二人の多忙なお医者さんは、ハードスケジュールを限界までやり繰りして、俺の面倒を見てくれている。

「こんなところに転がって。ベッドに戻れなくなった？　あーあ、こんな、体冷えちゃって」

天野さんに横抱きに抱えられる。他の人の体温に触れると、自分がどんなに冷たくなっていたか、思い知らされる。

俺はがたがた震えながら、天野さんにしがみついた。平素なら絶対にない素直な挙動に、かえって天野さんの方がびっくりしたみたいだった。

横抱きに抱き上げられながら、子犬にするみたいに頭を撫でてくれる。

「何だ、よしよし、一人で怖かった？　大丈夫大丈夫、もうじき久保も帰って来るからさ」

「いやっ」

貴志さんの名前を聞いて、俺は反射的にかぶりを振った。包帯が巻かれた手で両耳を押さえて、ただがたがた震えている。

「天野さん」

俺は天野さんを見上げる。きっと泣き出しそうな顔をしていたと思う。

「俺を、どっかに連れてって」

「ええ？」

さすがに天野さんも驚いたようだ。

「ここにいたくない…いられない」

貴志さんと顔を合わせられない。

きっと知られてしまった。俺が、貴志さんに恋していることに。

ずっと家事をこなして来たのも、反抗的な態度を取って来たのも、すべて貴志さんへの思いが胸にあったから。多分、昨日、今日、このノートの存在を知られたんじゃない。貴志さんの態度が変わり始めたと感じた夏——夏にはもう、すべてを知られていたんじゃないか。

そして今朝の、あの甘やかな愛撫は、報われない恋をしている馬鹿な子供への施しだったんじゃないだろうか。

「もうこの家にいられない……。俺をどこかに連れて行って、お願いです」

「雪ならまだいいけど、冬の雨っていいことないよな。冷たい何かがじくじく心身に染み込んで来る感じ」

天野さんはたいてい、通勤に自分の4WDジープを使っている。久保家に来るときは、門の前に堂々と路上駐車している。俺は今、そのジープに乗せてもらっている。

「ま、恋人と二人で温泉にでもいるならおつなもんかも知れないけど。岩風呂に入って、お銚子のせた盆を浮かべて地酒飲んだりさ。宿の縁側から見上げてるうちに、そのうち雪に変わるかもしれないし。史緒ちゃん、温泉行くー？　今から」

「何で俺が天野さんと…」

「下心なしだよ。湯治って知ってる？　温泉宿に長期間投宿して、持病を治すんだ。骨折なんかにも効く。あ、でも捻挫もしてるのか。捻挫って温めていいんだっけ」

「お医者さんには冷湿布出してもらってるけど…」

「そうだっけ。冷やすのか。学生の頃に散々勉強したはずなんだけど、勤務医になってからは自分の専門分野以外のことは見事にすっぽ抜けてさあ」

……聞くんじゃなかった。

でもここまで勝手気ままに生きてる人を見ると、いっそ清々しい気持ちにならない、…でもないような。

「史緒ちゃんは、久保と旅行とかしたことないんだっけ？」

「ないです、そんなの」

「行けばいいのに。場所が変わると人を見る目も変わるよ。一緒に暮らしてる相手と行っても、色んな発見があって面白い」

面白い。そんな風に貴志さんとの関係を楽しめる天野さんが俺には羨《うらや》ましくてならなかった。

「いいですよね、大人だったら」

「そう？」

「好きなときにそうやって好きな場所に行けるでしょう。お酒とか煙草とか、嫌なことから逃避する手段だっていくらだってあるでしょう？」

「酒も煙草も、一時の逃避だけで結局現実を後に遅らせる効果しかないよ？　俺は子供の方が羨ましいけどなあ。身軽じゃん、嫌なことがあったら逃避どころか、本当に逃げ出せばいいんだし。しかも自分の力じゃなくて、他人の力借りてさ」

「……………」

天野さんはノートの存在は知らないはずだ。そのノートのことで、俺が酷く混乱していることも。

多分、俺がまた下らないことで怒って拗ねて、貴志さんに反発していると想像しているんだろう。それはあたらずといえども遠からず、だった。

「こうやって何の書き置きも残さずに家飛び出しても、心配するのは大人側だろ。久保は必死で史緒ちゃんのこと捜して、それでも史緒ちゃんはこっちが怒ってるんだぞって顔で家に帰れる。久保はほんとの大人だから、自分は何も悪くなくてもごめんごめんって謝ってくれるだろう」

天野さんの口調が酷く容赦なく、皮肉に感じられるのは気のせいだろうか。

いいや、気のせいじゃない。その証拠に天野さんの言葉の端々に心が疼《うず》くのを感じる。子供だからって甘えるな。そんな風に天野さんから攻撃を受けている。

「史緒ちゃん、相手が絶対怒らないの、分かってやってるだろ？　ただでさえ、史緒ちゃんのご両親のことで久保が負い目を感じてるの分かっててさ。どれだけ我儘言っても、迷惑かけても出て行けって言われることは絶対ない」

「そんなんじゃありません」

俺は精一杯、はっきりと答えた。

出て行けと言われることは絶対にない？　そんなの嘘だ。

どこの誰が、居候をそんなに大切に扱ったりするだろう。

「だって俺はどう考えたって貴志さんのお荷物じゃないですか。一緒にいたって何もいいことなんかない。それに、貴志さんには好きな人がちゃんといるんでしょう？」

そうだ、今、隣で澄ました顔をしてるけど、それを教えてくれたのは天野さんだった。

貴志さんにはちゃんと好きな人がいる。

それなのに、貴志さんのお荷物は、身の程知らずにも貴志さんに恋をしている。子供に惚れられるなんて、貴志さんには何より面倒に感じていたに違いない。

「俺、本当に、家にいたくなくて…家にいて、貴志さんと顔を合わせたくなくて」

「だからそれ、結局逃げたんじゃん？　何があったか知らないけど、久保と顔合わせたくなくて、謝ったり怒ったりせずに自分の都合だけで逃げて来たんだろ？　まあ家出に面白がって付き合ってる俺も俺だけどさあ。それで久保はどうすんだよ？　怪我してる史緒ちゃんをどれだけ心配して、どれだけ捜し回ると思う？　残酷だと思わない？」

「貴志さんは俺のことを捜したりしませんし」

天野さんはふっと皮肉に微笑した。

「馬鹿じゃないの、史緒ちゃん。二年半もいたら犬猫だって情が移るよ。本当は追っかけて来て欲しいんだって素直に言えば？」

「何で、そこまで……」

どうしてそこまで言われなければならないのか。そう言おうと思って、唇を噛む。

言われたい放題、つつき回され放題で、屈辱と悔しさで頭の中がぐちゃぐちゃだった。散馬鹿にされたのに、何一つ言い返せないどころか、情けない啜り泣きが喉から漏れた。

「あー…、ごめん史緒ちゃん」

真正面を見たまま、天野さんがもう一度ごめん、と繰り返した。

「何か道迷っちゃった。俺、あんまし下道走らないんだよね。カーナビはこの前、無茶して壊してまだ修理出してなくてさあ。地図は持ち歩かないし。ここどこだと思う?」

「知りませんよ、そんなの……」

まだ免許を持ってない俺は、自分が住んでる街の地理くらいしか詳しく知らない。遠出するときは電車を使う。ここはまったく見覚えのない街だった。

天野さんはしばらく考え込んでいたが、それも数拍だ。分からないなら先に進めばいいと、アクセルを踏む。

「まいっか。とりあえず高速乗っちゃおう。分かるところで下りて引き返す作戦」

「そんないい加減な!」

「大丈夫大丈夫。何とかなるって」

ははは、と笑って本当に高速道路に乗ってしまった。

薄い暗闇に、畑や田んぼが延々と沈んで見える。時折古く大きな家がところどころに点在している。郊外の農村らしい。その車道を、天野さんのジープは走り続けている。

雨は降り続けていて、暗闇の濃度が増し、見慣れない場所にいて、すぐ傍に天野さんがいても、何だか心細い気持ちになる。

「それで結局、ここはどこなんですか？」

「群馬かなあ」

「ぐ、ぐんま……!?」

「昔、この辺りの宿でぼたん鍋食べたことがあってさ。前に一度来た道だから分かるだろうと思ったんだけど案外覚えてないもんだね」

暢気《のんき》な口調に、俺はシートの上ですっかり脱力してしまった。どこかに連れて行って、と頼んだのは確かに俺だけれど、まさか群馬県にまで来てしまうとは思わなかった。

最近天野さんは本当に真面目に俺の面倒を見ていてくれたので、この人がとんでもない破天荒だということをすっかり忘れてしまっていたのだ。

「シート倒す？　ずっと座ってると腰に来るだろ？」

「平気です。それより、もう家に帰らないと……」

ところが天野さんはまた道が分からないと言い出して、俺はすっかり頭が痛くなってしまった。

「お、コンビニ発見」

そう言うと、天野さんはジープを側道で停めた。

「食べ物と飲み物仕入れて来る。史緒ちゃん、トイレは平気？」

「大丈夫です」

「ん、じゃちょっと待っててね。何飲みたい？」

「何か温かくて甘いの…ココアとか」

「ココアね。オッケー」

天野さんは身軽に車を降りると、降り頻る雨を気にするでもなく、コンビニの白い明かりに向かって走って行った。

雨がフロントガラスを叩く。暖房を切らさないため、エンジンはつけっ放しだ。

俺は真冬の田舎町の光景をただぼんやりと眺めている。目の前の冷たい空気から、冷たい雨粒から完全に遮断される。

貴志さんは今、どうしてるんだろう。

天野さんの携帯には何の連絡も入っていない様子だ。貴志さんはまだ、家に帰っていないんだろう。病院から戻って俺がいないことに気付いたら、きっと心配する。仕事帰りで疲れているはずなのに、俺を探してあちこちに連絡を取るはずだ。

馬鹿なことをしていると、改めて気付いた。

――天野さんが帰って来たら、すぐに家に戻ってもらおう。貴志さんはあのノートを見たのか。見たのならどう思ったのか、やっぱり俺の気持ちに気付いてしまったのか。

確かめるのは怖い。

だけど、帰ってからのことはまた考えたらいい。

そう思いながら、降り頻る雨の中、じっと天野さんの帰りを待った。ずっとエンジンをつけっ放しなので、アイドリングを続けたら近くの住宅に迷惑なのではないかと、不自由な右手でキイを回す。しんと静まり返った車内で、俺はとても不安になった。

「……どうしたんだろ、天野さん」

メーター近くの時計を見ると、天野さんが車を降りてもう一時間以上も過ぎている。コンビニが混んでいるのだろうか？　それとも何かトラブルがあったんだろうか。

エンジンを切り、暖房も落ちてしまっていたので、車中にはしんしんと寒気が忍び寄って来た。氷雨の凍てつくようなしんしんとした冷気だ。

呼気を吐き出すと、瞬く間に白く染まる。外気とほとんど気温が変わらない。

「嘘、何で帰ってこないの……？」

天野さんと連絡を取ろうにも、携帯は持っていない。遠くで、救急車のサイレンを聞いた気がして、ますます不安が募った。

何かあったのかとコンビニに駆け寄りたい気持ちなのに、今の俺には高低差があるジープの助手席から降りること以前に、扉を開けることすら不可能だ。どうしよう。窓から助けを求めようとしたけど、雨の日の田舎町は時折車が通り過ぎるばかりで歩行者はまったく見当たらなかった。

今、天野さん以外誰も、俺がここにいることを知らない。

寒い。両手首と左足の捻挫が酷く痛む。右足は特に酷く、ずきん、ずきん、と脈動に合わせて偏頭痛も起こし始めている。それを抑える薬も何も持って来ていない。

心細くてぎゅっと心臓が痛んだ。

あの雨の夢みたい。一人きりで泣いていた雨の中。

夏の雨の記憶だけれど、心の寒さは同じだった。

泣きたい気持ちで窓の外を眺めていると、反対車線からタクシーが猛スピードでこちらに近付いて来た。逆の側道に停車し、慌しく扉が開いた。次の瞬間、俺は自分の目を疑った。

タクシーから降りて来たのは貴志さんだったからだ。

あまりの心許《こころもと》なさに見間違えているのかと思ったけれど、見慣れた長身に、見慣れたキャメルのコート。間違いなく貴志さんだった。

どうしてここに貴志さんがいるんだろう？

どうしてここに俺がいると分かったんだろう？

俺が呆然としている間に、貴志さんは迷うことなく大股でこちらに近付いて来る。ジープのドアを開け、ひらりと運転席に乗った。一瞬、外の寒気が頬に寄せて、俺の思考は空白になる。

「貴志さん……」

「悪かったな、待たせた。エンジン切ってたのか？　寒かったろうに」

突然の事態に、助手席の俺は呆然としていた。貴志さんがこちらに腕を伸ばし、包帯が巻かれた両手首や足を細かくチェックしていく。

「腕や脚は？　平気か？　冷やして痛まないか？」

「……痛くない」

天野さんのこのジープには、スノーボードやらキャンプやら、アウトドアに使う道具が積んである。後部座席に置かれていた毛布を取り出すと、俺の全身にかけてくれた。

貴志さんの顔が見られなかった。

俺はこの人から逃げるために、家を飛び出してしまったのだ。

「天野さんがコンビニに……、それで戻って来てくれなくて……、でも何で貴志さんがここに……？」

「天野さんから携帯に連絡があった。コンビニで買い物をしている最中、突然持病の発作を起こした人がいて、天野さんが応急処置にあたって呼び出した救急車に同乗したんだ。お前を放ったらかしにしたから迎えに行ってやって欲しいって」

「うん、ごめんな、天野さんが帰って来なかった」

「誰も来てくれないかと思った……」

その言葉が、思いの外胸に堪えた。

「怖かった。怖かったよ、………怖かった」

貴志さんの顔を見た途端、一人取り残されるという孤独と緊張から解放されたせいだろうか。情けないことに、今まで抱えていた不安が言葉になって、ぽろぽろ唇から零れ落ちた。

「すっごい怖くて、他の車は全然通らないし、携帯も持ってないし、雨が止まなくてずっと真っ暗だし、寒いし、誰も来てくれなくて」

俺は下を向いたまま、包帯が巻かれた不自由な手の甲でぎゅうぎゅうと両目を擦《こす》る。

「もしも天野さんがコンビニで倒れたんだったら、誰かに俺がここにいるのに気付いてもらえるの、いったいいつになるのかなって思ったらすっごく怖かった………」

「うん、分かった。怖かったな、こんなところに一人で」

泣き続ける俺を辛抱強く抱き締めて、何度も何度も、ごめん、と繰り返し、宥めてくれる。

貴志さんへの恋心を知られてしまったと思ったから、貴志さんから逃げ出そうとしたのに。

俺を窮状から救ってくれたのは貴志さんだった。そのことが、恥ずかしくもあり、同時にどうしようもなく嬉しかった。

俺はこの人に恋をしているのだ。

忘れてしまった方が、諦《あきら》めてしまった方がずっと幸せだと分かっているのに、どうして恋心を捨てられないのだろう。


山道のカーブに合わせ、貴志さんはハンドルを緩やかに切る。ジープは速やかに市街に出て、東京へ向かう高速道路に乗った。

俺は毛布を顎まで被《かぶ》り、もそもそと呟く。

「天野さんの運転はがたがただったけど、貴志さんは迷わないね」

「事前に地図を見て、タクシーの運転手さんにおおよその道を教えてもらってたからな。それにしてもずいぶん遠くまで来たんだな」

「……天野さん、道が分からないって言っていきなり高速に乗るんだもん。とりあえず分かるところまで出たらそこから帰るからって。それでそこでまた迷って」

「あの人のやりそうなことだな。でもお前が無事ならどうでもいいよ」

じわっと幸福感が胸に染み渡る。

貴志さんは、きっと俺の気持ちに気付いている。あのノートを見たのだったら当然だ。それなのに、何も知らない素振りでただ保護者として、俺の体を気遣ってくれている。

俺はこれからも毎日この人と一緒に生活する。

いつか大人になったら、自分の拙《つたな》い恋を無下に扱わず、心と体に優しく触れてくれたことに、ありがとうを言おう。それでおしまい。俺の初恋の結末はもう見えている。それなのに。

貴志さんが俺を迎えに来てくれた。俺を捜していてくれた。

俺は死ぬほど幸せだから、もういいんだと思う。

この恋が今終わっても、どんな結末がついても後悔はしない。たとえ、貴志さんに「好きな人」がちゃんといるんだとしても。

「貴志さん。天野さんにどこでもいいから連れて行って欲しいって言ったの、俺なんだ。俺が、家にいたくなかったから」

そして尋ねる。

「……読んだんでしょう?」

雨はまだ降り頻り、窓を濡らしている。

中央分離帯に設置されたオレンジ色の外灯が周囲を照らしている。同間隔で、蛇行する道路の遥《はる》か彼方まで備えられ、遠ざかるにつれて間合いが閉じて見える。長い長い、オレンジ色の道。永遠に続く夕焼けの中を走っているみたいだ。

夕焼けの空。子供は自分の家に帰って温かな夕食を囲む時間だ。

家族に囲まれる安堵《あんど》と、今日一日が終わってしまう微かな寂しさ。懐かしさと、猛烈な切なさに囚《とら》われる。だけど、俺はもう無心に家路につく子供ではいられない。

エンジンの音と、フロントガラスを叩く、強い雨の音。単調な物音に、心が静穏になっていく。

「俺のノート、全部読んだんでしょう?」

「……ああ」

呆気なく肯定されて、けれど俺はそれほど動揺しなかった。

「いつからあれがあること知ってたの? 俺、あのノート、本棚の隅っこの、目立たない場所に置いてたつもりだったんだけど」

「お前、夏にも怪我して、一週間意識がないまま入院したことがあったろ。あのとき、家の中のこととか、お前のことでいろいろ分からないことがあって……悪いと思ったんだけど、お前が何か参考になるメモでも残してないかと思って、本棚と机の中、少し覗かせてもらったんだ。あのノートはそのときに見付けた」

「そっか……」

「そういえば、夏にもこういうことがあったなって懐かしくなって、本棚から取り出して何度も眺めてた」

昨日、眠ってる俺の傍についているときに、本棚から取り出したこのノートを何度も読み返した。後でちゃんと元に戻しておこうと思ったけれど、そのまま机の上に置きっ放しにして、貴志さんも寝ついてしまった。

覗き見たいな真似して悪かった、と貴志さんは謝ってくれた。

貴志さんの説明には淀みがなく、俺は素直に納得した。もちろん、あの書き込みも見たに違いない。

『恋人　天野さんは、貴志さんの恋人　貴志さんは俺みたいな子供は相手にしない』

自分に言い聞かせるための一文だった。

そして貴志さん本人が、俺以外の他人が見れば、俺が貴志さんを思っていることが一目で分かる文章だった。

「貴志さんの好きな人ってどんな人？」

俺は真正面を向いたまま、精一杯に冷静な口調で貴志さんに尋ねた。

「俺、貴志さんの恋人ってずっと天野さんだと思ってたんだけど、違うんだね。この前、天野さんに聞いたら、二人は恋人同士じゃないんだって。貴志さんには他に好きな人がいるって教えてもらった。そうなんでしょう？」

「――うん、そうだな」

さすがに、ずきん、と胸が痛んだ。

「どんな人なのか、聞いちゃだめ？」

静かに体が震え始める。もしも怪我をしていなかったら、運転中の貴志さんに取り縋《すが》っていたかもしれない。

「俺、俺ね、貴志さんとの生活が始まってから、なるべく迷惑をかけないように、我儘を言わないように、役に立てるように、いらないって言われないように、自分なりに頑張ってきたんだ」

包帯を巻いた両手を膝の上で重ねる。泣きそうになったので、目を閉じた。

「料理とか、洗濯とか、家の中、居心地がいいように整えたりさ、あんまり出来ることがないからほんと些細なことばっかりなんだけど、ちょっとでも貴志さんに喜んでもらえるようにして、迷惑だけはかけないように、お荷物だって思われないように、……いつでもそれだけを考えて……」

呼吸を一つ置いて、貴志さんに告げた。

「……考えて、きたんだけど、一つだけ、我儘を聞いてくれる？」

いいよ、と貴志さんが答えてくれる。

「その人と上手くいって、天野さんみたいにしょっちゅう家に連れて来るようになって。それで俺が邪魔になったら、いつでも…俺が、貴志さんに疎《うと》ましがられてるって気付く前に、出て行けって言って欲しい」

それだけ言うと、肩からほっと力が抜けた。

貴志さんと同居を始めて二年半。ずっとこの恐怖に囚われていた。

もうお前は必要ない、お前は邪魔だ。突然そう言われてしまう恐怖から、やっと解放されたのだ。

安堵なのか、悲しみなのか、涙は次から次に溢れて止まることはなかった。

「史緒」

「ごめん、ごめん……ごめんなさい」

俺は嘘つきだ。本当は出て行けなんて言わないで欲しい。何でもするから、もっともっと頑張って、貴志さんの役に立てるようになるから。邪魔だなんて思わないで欲しい。

本当は貴志さんの傍にいたい。出て行けって言われても、ずっとずっと、傍にいたい。

きっと、泣いている子供が助手席に乗っていると、運転に集中できないのだろう。

貴志さんはジープを路肩に停めてハザードランプを点灯させた。

「素直じゃなくて、可愛げなんか少しもなくてごめん。でも俺、本当は貴志さんのこと好きなんだ。初めて会ったときから、子供に興味はないからって言ってたし、俺なんか相手にされないって分かってた。それでも好きだった」

母親の葬式のとき、俺は本当に疲れていた。

長く患った末に亡くなった母親を看取って、顔を真《ま》っ直《す》ぐに上げる気力もなかった。中学二年生で家族を亡くして、周囲が向ける同情も、気遣いも、興味津々の眼差しも、何もかもがつらくて自分の未来がただ重荷だった。

そのとき、手を差し伸べてくれたのが貴志さんだった。

自分自身でさえ持て余していた俺の身柄を、淡々と、けれど決然とした眼差しで引き受けると言ってくれた。一緒においでと言ってくれた人。その強さに、優しさに、俺はたった一瞬で恋に落ちてしまった。

「お前に、そんな風に好きだって言われるのは、これで二度目だよ」

「……………え？」

俺は不思議な気持ちで顔を上げた。貴志さんはワイパーがスライドするフロントガラスをじっと見つめている。

「一度目はお前が言ってくれたから、二度目は俺から言おうと思ってたのに。上手くいかないもんだな」

告白の回数？　……俺が貴志さんに好きだと告げたのは、間違いなくこれが初めてなのに。

「一度目、二度目……？　嘘、いつ？　俺そんなこと言わないよ。眠ってるとき、寝言言った？」

でも俺にははっきり分かった。

「ううん、でも絶対に言わないと思う。これだけは、絶対に貴志さんにだけは知られないように隠して来たんだから……」

けれど、その問い掛けに貴志さんは答えをくれなかった。

オレンジ色の車内の中で、俺たちは見つめ合っていた。

時折、後続車がジープを追い抜かして行く。ふっと、車内が明るくなり、またオレンジ色に染まる。

仄明《ほのあか》るい光の中で、貴志さんは優しい眼差しで俺を見ている。

「そう、お前は憶えてないいんだろうな。それでも、約束したんだ。あの夏が終わっても、俺は一生お前を大切にしていく。もしもお前が全部忘れてしまっても」

――夏――？　だけど俺は、貴志さんに何かを問いかけることが出来なかった。

貴志さんの頭が軽く傾いて、その唇が合わせられた。

唇が触れている間、俺はただびっくりして目を見開いていた。

キスの間は目を閉じるのが作法なのだと、ものの本で知ってはいたけれど、俺は目を閉じなくて良かったと、後に思うことになる。生まれて初めてのキスの間、大好きな人の顔を間近で見ていることが出来たからだ。

唾液で濡れた唇が、ひんやりと冷えた。

「お前だよ」

真っ直ぐに俺の瞳を見つめたまま、貴志さんはそう言った。

「俺が好きな人なら、ここにいるよ」

「何、それ……」

後から考えると、それはせっかくの告白だったのに。間抜けなことに、俺はきょとんと目を見開いているしかなかった。

「何でそんな冗談言うの？」

我に返ると、だんだん悲しさと怒りが込み上げてくる。

俺が泣いて恋の告白なんかしたから？　だから同情で、キスしてくれたんだろうか？　優しい言葉をくれるんだろうか？

「俺が、……俺が今、どんなに真剣で必死で、このことでずっと悩んで来たか、貴志さん、分かってるの？　同情なんかいらない。嘘とか、いい加減に誤魔化すのとかやめてよ……っ」

「嘘？　どうしてそう思うんだ？」

「だって俺、貴志さんに好きになられるようなこと、何一つしてないよ」

「いいや、たくさんもらったよ」

綺麗な花束を受け取ったみたいに、貴志さんは穏やかな笑顔を見せてくれる。

俺はますます混乱した。

「でも、俺がしたことなんか、家事とか、ご近所付き合いとか、他には喧嘩腰で会話したりとか、それだけ……」

「それも、俺には非常に有難いことだったんだけど」

貴志さんの柔らかい声音が、耳に穏やかに響く。

「人が傍にいる心地よさをもらった。一生懸命でいるお前を可愛いと心から思った。お前はあんまり他人と関わらないで生きていこうと思ってた俺の心に真っ直ぐに入り込んだ。俺はきっとお前じゃないと駄目なんだ」

「…………」

「お前はあの夏、お前のお母さんのお葬式で、一緒に暮らそうって言った俺の誘いに応じたことを後悔してるか？」

俺は急いでかぶりを振った。そんなはずがなかった。

「俺の家で二年半、過ごしたことを後悔してるか？」

唇を噛み締めて、もう一度かぶりを振った。堪えていた涙が飛び散った。

黙って涙を流す俺の顔を、貴志さんはじっと見下ろしていた。

「俺は、少しだけ後悔してることがあるんだ」

そう言って、包帯で巻かれた俺の手を取る。包帯越しに、貴志さんの体温がじんわりと伝わって来る。

「お前の強がりをもっと早く見抜いてやれたら良かった。お前がどうしてあんなに毎日神経をぴりぴりさせてたのか、色んなことを我慢させてたんだと、もっと早く気付いてやればよかった」

「…………」

「好きな相手の痛みを分かってやれなかった。罪悪感と後悔と、もどかしさが入り混じって、胸が痛くなる。切なくて、堪らなくなる。自分の痛みなら耐えられるけど、お前が痛い思いをしてたんだと思うと、いてもたってもいられなくなるよ」

貴志さんの声は慈愛に満ちていた。それから、俺の全部を受け入れようとする覚悟を強く感じた。からかわれているのでも、子供相手だからといい加減にあやされているのでもない。

二年半をわざわざ顧みて、俺の心の痛みを思いやってくれているのは、医者だから、保護者だからではなく、俺に恋をしてくれているから。

貴志さんが今、俺に手渡そうとしてくれているこの感情は決して見間違ったりしない。恋をする相手をいつも意識して、思いやる。その感覚は今日までの二年半、俺にはとても身近なものだったからだ。

俺はおずおずと、貴志さんに尋ねる。

「俺は、これからも、貴志さんの傍にいてもいいの……？」

貴志さんが笑顔で、もちろんずっといて欲しい、と答えてくれる。

「貴志さんの好きな料理ばっかり作っていいの？　貴志さんのことを考えながら大喜びで、

家事をしてもいいの？」

駄々っ子のように、俺は必死で貴志さんを見上げた。

「貴志さんの前で笑っていいの？　好きっていう気持ちを隠さなくていいの？」

生意気でしっかり者の居候。いつ出て行けって言われても平気。

そんな演技は、もうしなくてもいいの？

拙い言葉で尋ねると、貴志さんが無言で俺を抱き寄せた。その腕の迷いのない力強さに、俺は黙って目を伏せる。

二度目のキスは、涙の味がした。柔らかくて温かい、大好きな人の感触。

それだけでも嬉しくて、そして貴志さんが同じ感触を味わってくれているのだと思うと、ただ幸福で胸が満たされる。

雨はまだ降り続けている。

けれど恋人との触れ合いは、俺を音のない世界へ優しく導いた。


接触事故に遭って怪我をした日から、ようやく一週間が過ぎた。

待ちに待ったその日、俺は貴志さんが勤める大学病院の、整形外科へ連れて行かれた。捻挫した両手首と左足首に巻いていた湿布と包帯を外すためだ。

白くこびりついていた薬剤を脱脂綿で綺麗に落としてもらう。

腕のあちこちに出来ていた擦過傷はほとんど治っており、一週間包帯に包まれていた両手首には大事をとってサポーターを巻かれる。

右足のギプスはしばらく外せないのでまだ無理は出来ないが、両手の指先が自由に動かせる。

この開放感といったらどうだろう。

「……うわ、軽い、楽ー……」

「良かったわね、普段出来ることが出来ないのってずいぶんストレスだったでしょう」

傍にいた看護師さんがにこにこと笑いかけてくれた。俺も笑顔を返す。

食事はスプーンでならとれるし、すぐに箸も持てるようになるだろう。寝起きには自分で体を起こせるし、着替えも出来る。手洗いも、松葉杖をついてなら一人で出来る。

俺はすっかりうきうきしながら、次にリハビリテーション科に連れていかれ、しばらくそこで松葉杖の使い方を習った。補助器具を使っても両腕と足の動きがなかなか合わず、最初は何度かマットの上で転びそうになったが、休み休み療法士の指導を受け、要領を覚えると、思った方向にきちんと進むことが出来る。

「あら、久保先生がいらしたわよ」

汗だくになって目を上げると、リハビリテーションルームの出入り口にもたれ、貴志さんが手を振っている。

「貴志さん」

俺は思わず笑顔になる。ご主人様を見つけた子犬みたいに、胸の辺りがぎゅうっと切ないほど痛くなる。

「待って待って、そこで待ってて」

俺はすっかりはしゃいで、一歩一歩、貴志さんとの間合いを詰める。

もう少し、もう少し。

無茶はしないように、だけど俺は自分の足で、好きな人に近付いている。

貴志さんも笑顔でこちらに手を差し伸べてくれたから、俺は夢中でその腕の中に飛び込んだ。

「よしよし、よく頑張った」

やっぱり子犬にするように、率直に褒めて貰える。

ようやく辿りついた腕の中で、ほんの少しだけ泣き出しそうになって、やっぱり、とても幸せだと思ったから、泣き顔を笑顔に変えた。

捻挫の包帯が外れて、五日が経った。

今日はもうクリスマスイブだ。

昼下がり、俺はリビングの床に寝転んで、クリスマス料理のテキストを睨みつけている。

「帆立といかのカルパッチョ、かぼちゃのスープ、ローストチキン、白身魚のハーブ焼き……うわー、俺一人で作れるかなあ」

でも、もちろん頑張って作るつもりだ。傍でテレビを見ていた貴志さんが、どれどれとテキストを覗き込んで来た。

「お前の快気祝いなのにお前が料理作るってのおかしくないか？　もちろん俺も手伝うけど」

「快気祝いもあるけど、クリスマスの料理だよ。ケーキも焼こうと思ったんだけど、今までやったことないから失敗すると嫌だし…それに俺、ショーウィンドウに並んでるケーキ見るの好き。小さいケーキも色んな種類があって好きだけど、やっぱり丸いケーキって嬉しいよね。丸って幸せの形だもんね」

貴志さんは微笑ましそうに俺の話を聞いている。それから買い物リストを目で追い、おや、と軽く目を見開いた。

「ワイン三本？　ちょっと多過ぎだろう。お前飲めないのに」

「だってどうせ、天野さんも来るでしょ。三本でも少ないくらいじゃない？」

「来ないよ。遠慮してもらう」

「えー……、でも来ると思うなあ……」

「いや、第一内科の先輩にシフト操作を頼んで、天野さんに夜勤回してもらったから」

クリスマスイブに仕事を回されて本気で怒る天野さんの顔が目に浮ぶようだ。でもそうか、じゃあ本当に貴志さんと二人きりなのか。

二人きり。そう思うと、何だか途端に気恥ずかしくなる。

ちら、と横目で貴志さんを窺《うかが》うと、貴志さんは堂々とこちらを見つめていた。わっと逃げ出しそうになったが、簡単に腰を捕らえられ、次に唇を奪われる。

「……ん……っ」

貴志さんのキスは魔法のキスだ。

唇は、物を食べたりしゃべったりする器官のはずなのに、貴志さんがキスをすると俺のそこは快感を感じ始めてしまう。

舌を搦《から》め捕られて、軽く吸われる。その柔らかな感触をもっと、もっと味わいたくて、俺は貴志さんのキスに夢中になってしまう。

「ん……、ん………、っ」

唇が離れて、大きく深呼吸をする。いつの間にか、貴志さんの体の上に乗り上がる姿勢になっていた。逞《たくま》しい胸板に頬杖をつき、俺はじっと貴志さんの顔を見下ろす。

「貴志さんってお医者さんだよね」

「まだまだ半人前だけど、一応な」

「外科と、整形外科って大分違う？」

俺がもじもじしながら押し黙っていると、貴志さんの手のひらが、優しく背中を撫でてくれた。

何が聞きたい？　と言葉もなく誘導される。

「俺、右足ギプスつけたままなんだけど、貴志さんとエッチする方法ってあるのかな」

そう言って、かあっと耳が赤くなるのを感じた。

「いいよね。こういうの、言ってもいいんだよね？　だって恋人同士なんだから。キスだってしてるんだから。その続き、したいって言ってもいいんだよね？」

羞恥心と、貴志さんが欲しいという思いで、俺はもう無我夢中で貴志さんにお願いしていた。

「あの、もししてくれたら料理とかすっごい頑張る。クリスマスだもん、すごく美味しく作るよ。テーブルセッティングだって実はもうテキストで勉強したんだ。今日だけじゃないよ、年末の大掃除も全部俺がやるし、お節《せち》とかしっかり作るし、来年もずっと…あ、あの、俺」

こくんと喉を鳴らし、俺はぎゅっと目を閉じて、貴志さんに告げた。

「……して欲しい」

俺は貴志さんのことが大好きなのだから。

キスとか、セックスだって、したいって思ったって、いいと思う。でもそれは、二人でする行為だから。貴志さんが嫌だと言ったら、ちゃんと諦めようと思う……。

「だ、駄目だったら、いいんだけど」

「医者としては、禁止。まだ右足が完治してない」

「そ、そうだよね、駄目だよね……」

がっかりして、がく、と肩が落ちてしまう。しょんぼりと俯いている俺を、貴志さんはじっと見ていた。何を言うでもなく、俺の後頭部を何度も撫でてくれた。

「でも、お前の恋人としては……死ぬほど抱きたいかな」

直截《ちょくせつ》な物言いに、俺はびっくりして目を見開き、顔を上げる。眼鏡越しの、優しい笑顔で貴志さんは俺を見ている。

顎を取られ、また、キスをもらった。

魔法みたい、と思ったさっきのキスよりも、まだもっと深い。まるで、キスで酔わせて、思考を奪おうとするかのようなキス。

口の中の粘膜を、舌でなぞり上げられ、その柔らかさにぼうっとなると、軽く刺激を与えるように下唇を噛まれる。ぞくりと体が疼く。

「ん……」

キスをしながら、貴志さんは俺の背中を巧みに支え、ゆっくりと姿勢を入れ替える。背中に、床暖房の暖かさが染み渡るようだ。

唇が吸われて、今度は貴志さんの口腔に招かれる。舌を搦め捕られ、吸われたり、甘噛みされて、優しく弄《もてあそ》ばれる。

がちがちだった体から少しずつ、力が抜けていく。

「そう。そのまま、全身を楽にして絶対に力まないこと。俺のすることに逆らわないこと。抵抗されると、予想のつかない怪我をさせるかもしれない。それが守れるなら、今の状態でもセックス出来るよ」

「ほ、ほんとに？　じゃあ、頑張る……！」

本当は、クリスマスの夜、ワインやチキンでお祝いした後に初めてのセックスをお願いしようと思っていたのだけれど。それで、雪が降ったらもう最高のクリスマスになると勝手に夢見ていたのだけれど。

こうして貴志さんに触れていたら、今すぐ欲しくて我慢が出来なくなってしまった。

「お前は、今まで色んなことを我慢して来たんだから、もう何にも耐えなくていいんだよ」

そう囁く唇が、耳にキスする。

さっきのキスで唾液に濡れた唇が思わぬ場所に触れて、俺は体を打ち震わせた。耳孔に舌を押し入れられ、たっぷりと舐《な》められる。

「ああ……」

すぐ耳元でちゅくちゅくと水音が聞こえて、どうしても甘い声が殺せない。

ぶるぶると体を震わせている間に、いつの間にかシャツのボタンはすべて外され、俺は上半身の素肌を晒《さら》している。貴志さんがじっと見つめているのは、俺の胸の辺りだった。

「……何？　ヘン？」

「いいや。苺《いちご》みたいだな。赤くて可愛い。――ほら」

「やっ、あ！」

右の乳首を、とろりと舐め上げられる。ぞくっと素肌を走ったのは、明らかに快感だった。男でも、そこが気持ちいいなんて俺は少しも知らなかった。

それなのに、初めて愛撫を受ける乳首は、そのまま貴志さんの唇に含まれる。

「ん、んん……」

俺は一瞬、危機を感じた。

乳首が性感帯だとしたら。貴志さんの魔法のキスをここに受けたら、俺はきっと、感じすぎておかしくなってしまう。絶対に理性が保てない。

どうしよう、どうしよう。怖くてきゅっと貴志さんのシャツを握り締めると、こつんと額を小突かれる。

「こら。体に力を入れないことが約束だっただろ」

「ご、めんなさい」

俺は涙目になりながら、頭を起こして一生懸命貴志さんに謝った。セックスに不慣れな自分が不甲斐なく、とても恥ずかしかった。

「でも、あんまり気持ちよくしないで……俺のこと、おかしくしないで……」

貴志さんは苦笑して俺の哀願に答えた。

「それは、約束出来ないな」

「あぁん……！」

口に含まれた乳首を軽く甘噛みされる一方で、もう一つの乳首は指先で摘《つま》まれ、尖った先端をいじめる様に擦り上げられている。

柔らかい濡れた愛撫と、ちょっと乱暴な、乾いた愛撫。

その両方に、はしたなくも感じてしまう。

腰が捩れてしまうのを必死に堪えているから、下半身ががくがくと震えている。ギプスをつけた足を痛めないようにはいていた緩めのコットンパンツは、下着ごとそっとずり下げられ、ゆっくりと足首から抜かれる。

身につけているのはボタンを開かれたシャツと、右足のギプスだけ。

恥ずかしいところを手のひらで隠そうとするけれど、そうすると貴志さんにやんわりと叱られる。じっと見下ろされている、その視線がどうしようもなく恥ずかしく、それなのに、俺の体はどんどん熱くなっていく。

「可愛いな、史緒」

再び指で乳首を摘まれ、捏《こ》ねられながら、捻挫が治ったばかりの左足を軽く持ち上げられる。貴志さんの愛撫はキスから始まるものなのかもしれない。足の甲や、膝の裏に口付けられた。そのどこに触れられても、俺の呼吸は他愛なく震えた。

「あ………っ、ん……や……」

膝から内腿を滑る貴志さんの唇が、際どい場所をかすめていく。俺は心臓の高鳴りを堪えながら、貴志さんの髪に指を差し入れた。

「ちょっ…、ちょ、っと待って」

待って、と言っているのに。

貴志さんは聞こえない振りで、その愛撫を俺に施した。

「いや――………!」

性器が、貴志さんの口腔に捕らえられている。

それはフェラチオと呼ばれる強烈な愛撫で、手で触られる気持ちよさは知っていたけど、俺はすっかり取り乱してしまった。

「こんなの駄目……‼　変だし……、汚いよ……っ」

「変でもないし、汚くないよ」

「ああ……っ」

温かい。ものすごく敏感な場所が、温かくて、濡れてとろとろした場所にすっぽりと包まれている。

唇できゅっと締めつけられ、搾り取るように、前後に扱かれた。

俺は息を詰め、貴志さんの意のままになってしまう。

「あ、あ、……あ――」

腰から下が、甘く痺《しび》れている。

嫌だ、嫌だ、と何回も言ったくせに、俺はものの数十秒唇に含まれただけで、貴志さんにすっかり従順になっていた。

心も体も、快感でとろとろになっている。

貴志さんが首を上下させる度に、俺は左足を支えに、いやらしく腰を振っている。その拙い動きを目に留め、貴志さんが微笑した。

「……史緒？　つらくないか？」

「あ、あ……っ、ごめんなさい……、きもちいい………っ」

切ない、甘えた声が漏れた。

無理をしていないかはっきりと貴志さんに分かるよう、気持ちよければそう言うように言われたので、俺は素直にきもちいい、と何度も繰り返す。

フェラチオを受け、貴志さんの唾液と俺の先走りでとろとろに濡れた足の間。フェラチオを続けながら、貴志さんはもう少し奥に、指を割り込ませる。

「……ん、ん……っ」

男同士のセックスで、どこを使うかくらいは、俺だって知っている。

そこに貴志さんの指が触れる。

体液をまぶすようにたっぷりと表面をなぞられて、締まった襞《ひだ》を濡らされる。狭い、細い器官に、とうとう貴志さんの指が一本、慎重に押し入れられた。

俺の背中がゆっくりと反り返る。

「ああっ、……ん」

開かれるのは、ほんの少し、苦しかった。内腿に、ぎゅっと力が入り、貴志さんの指をめちゃくちゃに締め上げてしまう。

「ごめんな。少し我慢して」

フェラチオがより濃厚になり、すっぽり奥まで咥《くわ》えられたかと思うと、先端の裂け目に舌を押し入れられる。

快感に体が緩むと、内奥の指はもう少し奥へと進む。

体液が、俺の中へ中へと塗り込められていく。

あるはずのない既視感。

俺は、ここでもっともっと気持ちよくなってしまう。俺には何故か、その予感があった。指を、不意に内側に折り曲げられたとき、体中に信じられないくらいの快感が電流のように駆け抜ける。

その瞬間、俺はどうしようもなくて射精していた。

「あ――――……っ！」

頭の中が真っ白になる。意識が数秒遠ざかって、気が付くと、俺は貴志さんの腕の中にいた。

俺は自分から夢中で貴志さんのキスを求める。飛び散った俺の体液を集められてより濡らされたのか、体の中に、二本の指の動きを感じた。

「あ、あ、今の……」

すごく気持ちよかった、と貴志さんにしがみつきながら、伝える。怪我の痛みなんか少しも感じない。ただ、貴志さんにされていることが全部気持ちいい。

「あっ、あっ、あん……」

指を前後に動かされて、俺は堪え切れずに嬌声を上げる。

その指が、ゆっくりと引き抜かれる。視線を合わせたまま、指よりもずっと熱くて、太いものがあてがわれた。

微かな恐れより、貴志さんも俺を欲しがってくれているという喜びが遥かに凌駕《りょうが》する。

「貴志さん……」

名前を呼ぶと、挿入がゆっくりと開始された。

俺は両手で、遮二無二貴志さんにしがみつく。

指でたっぷりと濡らされて広げられた場所だけれど、大きさがまるで違う。貴志さんが押し入ってくるに従って、俺は体を硬直させてしまう。

「史緒」

俺の拙い反応を見て、貴志さんはさっき射精したばかりの性器を手のひらで押し包んでくれた。それを前後に扱かれ、乳首を唇に含まれる。放置されていた場所がまた熱を持ち始め、また、体が快感に染まっていく。

「……ん、うん……」

左足が、貴志さんの肩にかかった。浅い場所を前後に軽く揺さぶられて、俺は声にならない悲鳴を漏らす。

前を擦られる快感と、体をひらかれる苦痛。

貴志さんは決して焦らず、ただ俺の呼吸に合わせて、俺と体を繋《つな》げた。

「今、全部入った」

夢うつつにその声を聞いていた。

「ほんと……?」

すごく嬉しくて、泣きながら貴志さんを見上げる。

もう少し腰を進められたかと思うと、それがいきなり退けられる。

「————っ！」

そうして、貴志さんが奥まで押し入って来る。

何度もそれが繰り返され、貴志さんが俺の体を感じて、じっくり味わってくれているのが分かった。

貴志さんも気持ちよくなってくれるのが、俺にはただ嬉しくてならない。

何度目かの抽挿で、貴志さんの先端がさっき俺が一瞬で射精してしまった「箇所」に触れる。

「あっ、ああん！」

「ここか？」

それは、俺の性器を見ればあまりにも明らかだった。

一度射精しているにもかかわらず、そこを小突かれると、俺の性器ははちきれそうに充血して、涙を零している。

俺は恥ずかしさにかぶりを振った。

「…………いや、いや……っ、駄目……」

「気持ちいいときはそう言うように、言っただろ？　そうじゃないと、怪我がつらいんだと思って、ここでやめないといけなくなる」

　優しく促される。

　貴志さんは俺の感じる場所をいじめるように、何度も腰を使った。俺はもう耐え切れずに、貴志さんにしがみついて嬌声を漏らす。

「きもちいい……、ああっ、きもちい………！」

　貴志さんがまだ終わらない間に、俺は二度目の射精を迎えていた。

　息を激しく乱して、貴志さんの熱を感じる。

　全部が終わったとき、好きな人が、本当に恋人になったんだという事実に、何故か涙がたくさん零れた。

　幸せでも涙は出るのだと、貴志さんは俺に教えてくれた。


「あれー……？」

　体を毛布で包まれ、リビングの床にぼんやりと横たわっていた俺は、頬を床に擦りつけるようにしてテレビを置いた台の下を覗き込んでいる。

　ほんの五センチほどのその隙間に、メモらしき紙が一枚落ちているのが見えた。

掃除機のノズルも届かないようなぎりぎりの壁際だ。床にこうして寝転んでいなければ、年末の大掃除まで気付かなかっただろう。

俺が手を差し入れても届かなかったので、二人分のコーヒーを淹《い》れてキッチンから戻って来た貴志さんに言って、そのメモを取ってもらう。メモパッドを乱暴に引きちぎって、大急ぎで書いたような文字が並んでいる。

俺はそれをまじまじと見つめ、首を傾げる。

「ねえ貴志さん、これ何だと思う？」

メモを貴志さんに示した。

貴志さんはマグカップに口をつけながら、ふっと微笑ましそうに目を細めた気がする。俺はその膝に手をかけて、改めてメモを覗き込む。

「ちょっとぎくしゃくしてるけど、これ、多分俺の字…こんなのいつ書いたのかな。コンビニの道順とか、貴志さんの好きな色とか、食べ物とか、知ってることばっかり。食後にはピンクの丸い薬を一つ飲むこと……？」

「……さあ、何だろうな」

俺はメモの内容を何度も何度も読み返した。

不意に、心の奥を懐かしさが過ぎった。

俺の心を繰り返し過ぎる、夏の雨の記憶。

あの夢の中で、俺はとても寂しくて不安だった。今思い出しても、情けないけれど、涙が出そうなほど切なくて悲しかった。

髪がびしょ濡れになり、着ていた衣服がすっかり濡れて肌に纏わりついても、俺にはどこにも行き場所がない。

雨が上がってしまっても、俺はずっと一人で、そこで泣いているはずだと思っていた。

誰かがそこから連れ出してくれるなんて絶対に有り得ないと、夢の中の俺は信じ込んでいる。

夢は延々と、そのまま続くのだと思っていた。続きがあるのだとは思いもしなかった。

あの雨の中の感覚ばかりが、現実の俺にはとても近しいものだったからだろうか。

けれど、あの夢には続きがある。

降り続ける雨の中、誰かが俺の名前を呼ぶ。

その声は遠くから、だんだん近くなり、やがて俺を抱き締めてくれる。その途端、背中に頬にかかる雨の感触は優しく甘く、温かくなる。

どうして今まで忘れてしまっていたんだろうか。

あの夢は、とても、とても長い夢だったのだ。

子供の頃の記憶を手繰《たぐ》り寄せるように慎重に記憶を追ったが、それは途中でぱったりと途絶えてしまった。

捕まえようとしたけれど、指のすぐ間際をすり抜けて消えてしまう。

雨の記憶は正体が分からないまま終わってしまった。

もうじき、唇に含んだ温かな蜂蜜のように、透き通って俺の記憶から消えてしまうのだと、何故か分かった。

もう思い出すことは出来ない。

このメモの正体も、俺はきっと思い出せない。

「……分からないけど、このメモは大事に取っとく。ねえ貴志さん、後で車出してもらってもいい？　クリスマスのケーキ、買いに行こうよ」

それから蜂蜜も買わないといけない。

ケーキはそのまま食べてももちろん美味しいけれど、蜂蜜をかけると、不思議にもっと、美味しくなる。魔法のように俺の心を懐柔する。

了解、と貴志さんが触れるだけのキスをくれた。


俺が居候としてこの家で暮らして二年半。そして貴志さんの恋人としての生活が始まる。

心の片隅で降り続けていた夏の雨は、優しく終わりを迎えた。季節を変え、窓の向こうには、粉砂糖のような雪が甘く優しく降り続けていた。

セミダブル・ベッド

そう言えば、あの子と一番最初に出会ったのは、後輩である久保貴志《くぼたかし》の家の玄関先だった。

もう二年半以上前になるのか。

それまでは一軒家で気ままな一人暮らしをしていた貴志が突然、訳あって中学生の子供を引き取ることになった、と天野《あまの》に話したのだ。

仕事帰りに寄った小料理屋で、カウンターに並んで、子供を引き取るに至った事の経緯を貴志から聞いた。自分から厄介ごとを引き受けて、物好きな奴だな、と感想を述べた記憶がある。

身に降りかかるすべての不幸を、誰かに肩代わりしてもらうことは決して出来ない。冷たい考え方かもしれないが、職業上、手の施しようのない不幸がこの世に存在するということを、天野はよく知っていた。

「その子」の両親を亡くした原因に、強い罪悪感を感じていたとしても、「その子」の将来がどんなに険しいものとなるか想像が出来て、どれほど不憫《ふびん》に思えても、――放置しても咎《とが》められる謂《い》われはない。

何にせよ、好奇心旺盛な天野は、貴志に今すぐ引き取ったその子と会わせろ、といつもの横暴さを振り翳《かざ》してみせたのだった。深夜も零時を過ぎていたので、もう子供は眠っている時間だと貴志は渋ったが、仕事帰りに飲み屋に寄って、久保家に泊まるのは当時から二人の間の決まりごとになっていた。

久保家に到着し、眠っているかもしれないという貴志の危惧《きぐ》に反し、玄関先に家主を出迎えに現れたのは、半袖のパジャマを着た小柄な中学生だった。やたら目が大きく、最初は上がり框《かまち》の上に突っ立ってきょとんと天野を見詰めていた。

「この子が久保の居候ちゃん？　また可愛いの連れ込んで」

ひょいと小さな顎《あご》を指先で摘《つま》みあげた。当時の史緒《しお》はまだ頬《ほお》の円《まる》みが痛々しいほど幼く、そして小作りでとても可愛らしい顔をしていた。

ところが史緒はきっと天野を睨《にら》むと、顎を引いて思い切り天野の手を振り払った。

「イソウロウって言うな！　酔っ払い！　酒臭い！」

きぃー！　と怒鳴られると同時に、いきなりスリッパが飛んで来た。天野はひょいと避けたが、それが気に入らない、というように不貞腐《ふてくさ》れた顔で踵《きびす》を返し、階段を駆け上って行った。

見た目とは裏腹に、とんでもない気の強さだった。

「俺、もう寝るから！　お客さんはいいけどうるさくしないで貴志さんもさっさと寝ろよ！」

「ごめん史緒、この人は俺の先輩で、今日泊まって行くから——」

「そんなの勝手にすればいいだろ。ここ、貴志さんの家なんだから」

そうして階上に姿を消した。

当時から史緒はつんつん強気で生意気でいたが、貴志はそれに気を止めることなくまったく気軽に受け流していた。もともと鷹揚な性格の後輩で、十三も年下の子供の仕業を叱り付けるでもない。

「俺はあの子に嫌われてるし、もともとちょっと短気なところがあるみたいで。あんまりからかわないでやってくださいよ」

肩を竦《すく》めて天野に注意を促す貴志の口調は、飽くまで保護者のものだった。

おかしなところで鈍感な後輩に正直、呆《あき》れたものだ。こんな深夜まで家主の帰りを待ち、きちんと玄関に出迎え、その癖《くせ》、居候とからかわれても上手《うま》くあしらえず、ただぷんぷん怒った顔を見せる。

不器用な子供の、精一杯の生意気。

それは叶《かな》わない片思いがさせる態度だと、傍観者である天野はすぐに気が付いたのだが、その「子供」と後輩が目出度く恋人同士になるまでに、なんと二年半という時間が必要になる。

天野は煙草を咥《くわ》え、愛車である大型の4WDジープで深夜の道路を疾走している。下げたウィンドウから紫煙が流れ去っていく。冬の終わりの寒気が時折頬をかすめた。

仕事帰りの天野が着ているのは白いシャツにジーンズ。仕事の際にはこの格好の上に白衣を纏《まと》う。天野は国立大学付属病院に籍を置く内科医だ。

簡素な格好は、却《かえ》ってその端整な容貌を引き立たせている。生まれつき色素の色合いが淡く、髪や瞳は金褐色で、柔和で繊細な顔立ちだ。だが形の良い目は強い内面を表すように眦《まなじり》が切れ上がり、周囲には、皮肉屋・横暴・とんでもなく気ままで気紛れとして知られている。

久保家に到着して、カーポートの前にジープを停《と》める。カーナビゲーションの時刻表示を見ると、もう二十三時を越えていた。玄関のドアノブに手をかけると、エンジン音が聞こえていたのか、扉は内側から開かれて見慣れた顔に出迎えられる。

ブルーのネルのパジャマに紺色のカーディガンを肩に羽織っている。少女じみた可愛らしい顔。大きな目が天野を見上げている。

二年前、初対面の折のシチュエーションと同じ。雪村《ゆきむら》史緒だ。歳《とし》は十六歳、高校一年生。

「……いらっしゃい」

「よう。遅くに悪いね」

「呼び出したの、俺ですから、別に」

言葉少なにそう言って、踵を返した。

「ご飯もお風呂も出来てるけど。どっち先にする?」

新妻みたいな言いようについ吹き出してしまいそうになった。

多分、この家の主が帰宅する度に毎晩、こうしてご飯は？　お風呂は？　とくるくる纏わりつきながら尋ねているのだろう。

成長期なのだから当然といえば当然だが、史緒は体だけでなく、最近、ずいぶん大人びたと思う。本人は意識していないのだろうが、そんな色っぽい会話を交わしていれば大人びるのも当たり前のことか。

「飯《めし》、先ー。今日、なんかばたばたして昼飯喰う時間なくてさ」

「じゃあすぐ用意するから。テレビでも観てて」

勝手知ったる他人の家で、天野は史緒に言われるまでもなくさっさとダイニングに入り、冷蔵庫からビールを一本失敬すると、食卓に着いてテレビのニュース番組を眺める。

史緒はこちらに背中を向け、フライパンを使い、炒め物をしている。

この家の主である久保貴志は専門分野の研究会があり、今朝《けさ》から大阪に行っている。天野と同じ病院の第一外科に所属する外科医であり、医大では天野の一年後輩にあたる。

史緒は、二年と八ヶ月ほど前にこの久保家の「イソウロウ」になった。「イソウロウ」というと史緒は顔を真っ赤にしてきいきい怒るので、以前は面白がって事あるごとにからかいの材料にしていたが、最近、天野はそれを口にしなくなっている。事実、史緒は最早この家の「イソウロウ」とは違う。この家の主である久保貴志のれっきとした恋人なのだ。

「史緒ちゃん、足の具合は？　右足のギプス外してから一ヶ月経《た》ったんだっけ？」

「リハビリにもうしばらく通わなきゃいけないけど、普通に生活する分には問題ないよ。学校も松葉杖なしで行ってるし」

「ふうーん。若いとやっぱり治りが早いなあ。久保、明日の帰りは何時くらいって？」

「午後には東京に戻るって、直接病院に行くって言ってた。……天野さん、今日ここに来ること貴志さんに言ってないよね？」

「そういう約束で史緒ちゃんに呼び出し受けたから、あいつには何も言ってないけど。あ、美味《うま》そう。いただきまーす」

史緒が天野のために用意した夕食は、牛肉の三色巻きに、付け合わせのマッシュドポテト、熱々のコーンポタージュ、ラディッシュと玉ねぎのサラダ、炊き立ての白米。

鼻っ柱が強く、いつもつんつんと尖《とが》ってばかりいる史緒だが、家事の腕はかなり上等だ。掃除の要領も、節約術などの知識もとても高校生男子のものとは思えない。玄関と居間、寝室には必ず季節の花も飾られている。

ここは大切な恋人と暮らす大切な家だから。

いつだって居心地よく整えておきたい。史緒の一生懸命な気持ちは、恋愛というものにとうに倦《う》んだ天野すら、優しい気持ちにさせる。

特に料理は上手で、最近はお菓子作りに凝っているらしく、パイやケーキも立派なものを焼く。

天野は仕事帰りに度々この家に立ち寄るが、食卓に並ぶ料理は基本的に貴志の好物ばかりだ。それでいて、さり気なく天野の好みの料理が一品、二品混じっていることもある。つまるところ、それがこの子の本質なのだろうと、天野は考えている。傍《そば》にいる大人二人につんけんと小生意気な様子を見せても、最後のところはとても優しい。それらを指摘すると照れ隠しに怒って拗《す》ねるのが分かっているので、天野も貴志も一切何も言わない。

天野の夕飯の支度をすべて終えると、史緒もダイニングテーブルに着いた。天野の正面の席だ。

「ビールまだある？　まだ冷やしてあるけど。あ、あと甘いもの欲しかったら、レアチーズケーキ作ってあるから」

「すんごい歓待だねー。クリスマスか誰かの誕生日かって感じ」

「別に、……いつもと変わらないと思うけど」

「いや、史緒ちゃんの料理上手は知ってるけど、今日は俺一人だからさ。カップラーメンでも食わされるのかと思ってたんだけど」

「こっちから呼び出したのに、そんなことしないよ」

落ち着かなげに、小さな声で呟《つぶや》く。

史緒が持って来た缶ビールの追加に口をつけ、天野はにやっと笑った。

「で？　ご主人がいない間に別の男呼び込んで、何の用があんの？」

「や……、やらしい言い方すんなよ！」

いきなりばっさりと切り出すと、史緒はいつもの生意気な口調で唇を尖らせる。

だが、視線は膝《ひざ》に置いた自分の手に落としたまま、顔を上げようとしない。

『今日、仕事が終わったらうちに寄って下さい。貴志さんには内緒で。貴志さんは研究会で明日まで家にいません』

最近携帯電話を持ち始めた史緒からメールが届いたのは昨日の深夜のことだった。

外科のドクターが何人か、丸一日不在になることは一週間ほど前に、院内連絡で聞いていた。だからこの日は、久保家に寄るのは遠慮しようと思っていた。ご主人不在の新婚さん家庭に上がり込んで、貴志の恨みを買うのも面倒だ。

それにもかかわらず家に来て欲しいという史緒の誘いに応じたのは、メールを見たとき、これは何やらずいぶん悩んでいるなと察せられたからだ。だらしない、ふしだらだ、と天敵扱いしている天野を史緒が何の用事もなく呼び出すとは思えない。

恐らく、貴志のことで何か悩んでいるのだろう。

とにかく、この子の頭の中は恋人のことでいつもいっぱいいっぱいなのだ。

「でも何か話があるからわざわざ呼び出したんだろ？」

「う、うん……」

いつも反発してばかりいる天野に対して上手く話せる自信がないから、せめて先に美味《おい》しい、凝った料理をたくさん拵《こしら》えておく。

これもこの子の感情表現の一つだと、天野はちゃんと理解していた。

「明日平日だし、史緒ちゃん学校だろ。久保がいたら話しにくいことならさっさと切り出して話し合って解決した方がいいんじゃない？　俺は徹夜は慣れてるけど、史緒ちゃんに不健康な真似《まね》をさせると保護者の留守中にお邪魔してる以上よろしくないんで」

「…………」

しばらく沈黙に付き合ってやると、やがて史緒はぎこちなく口を開いた。

「あの……天野さんって貴志さんと知り合ってもう十年以上になるんだよね。医大にいたときに知り合ったって」

「付き合いは長いけど、基本、俺も奴も個人主義だからそんなべったりはしてないよ。親しく付き合うようになったのは寧《むし》ろ勤め始めてからかな」

「でも、一緒に……遊んだりはしたんでしょ？」

「さあ…どうかなあ」

天野は真ん中で斜めに切り分けられている牛肉の三色巻きを頬張った。いつもながらその美味さに感心する。肉にも下味がつけられ、具のとろけたチーズと人参《にんじん》、アスパラガスの取り合わせが絶妙だ。

かけられたデミグラスソースは手作りで、深い味わいが牛肉の旨《うま》みとよく合ってる。

「美味い。普通の三色巻きと全然違う。全然しつこくなくて、いくらでも食べられそう」

「ほんと……？」

史緒はちょっと嬉《うれ》しそうに天野の手元を覗《のぞ》き込んでいる。以前は率直に褒めると気恥かしさからぷんと頬を膨らませたものだが、最近の史緒はこうして素直な反応を返すようになった。

去年の夏、天野と貴志が不意に出会った「もう一人の史緒」は確かに史緒の中に存在する。

「ソースに蜂蜜を隠し味に使ったんだ。ネットで調べたんだけど、蜂蜜は色んな種類があって、料理にも色んな方法で使えるんだ。今日使ったのはくせのないアカシアの蜂蜜。ソースに綺麗《きれい》なつやがでるでしょう」

「ふうーん。内側にしその葉巻いて牛肉をさっぱりさせてるのか。ちょっとした手間やアイデアでぐんと美味くなるんだなあ。史緒ちゃんは本当に偉いよ」

「……そうじゃなくて！　ちゃんと答えてよ、今の質問！」

史緒の料理を褒めたのは、別に話を逸《そ》らすつもりではなかったのだが。

天野は内心、不味《まず》いことになったと思いながらビールに口をつけた。史緒は天野の挙動を見張るようにじっと大きな目を見開いている。

「遊びねえ…」

遊ぶと言っても遊園地に行ったり旅行に行ったりという「遊び」を指すのではないだろう。

たとえば夜の繁華街の、ずっと奥まった場所にある店で、一晩限りの相手と情事を楽しむ。気の合った相手ならば一定期間の交際をしたこともあったかもしれない。出会って別れて、また別の相手と出会って別れる。そういった種類の「遊び」なのだろう。

それはもちろん、若気の至りは色々あった。

そもそも、貴志と知り合ったのも、大学二年生の当時天野が出入りしていた店だ。カウンターに座っていて、壁際のテーブルに見知った顔があると思ったら大学の一年後輩だったというわけだ。

片手を上げると、ふっと物慣れた微笑を返して来た。何となく一緒に酒を飲み始めて、そこから十年以上、付き合いが続くとはお互い考えてはいなかったが。

道徳観念、というものがまったく希薄な天野ほどでなくとも、貴志は充分以上に経験値を積んでいる。付き合っていた相手の顔も、幾人かは思い出せる。中には同じ大学、同じ学部の者もいたかもしれない。

貴志の性指向上、それは同性に限られていたが――全員が相当水際立った美貌だったと記憶している。そして恋に溺《おぼ》れるのは決まって相手側で、貴志は常に恬淡《てんたん》としていた。来る者拒まず、去る者追わず。

かといってここで率直にそんな思い出話を聞かせれば、史緒は泣いて悲しむに決まってる。自分から尋ねてきたくせに、真実を教えればショックを受ける。

子供とはそういうものだ。

「何でいきなりそんなこと？　今まであいつの学生時代の話とか、特に聞いたりしなかったのに」

「貴志さんが今日出かけてる研究会の後、同窓会みたいな集まりがあるって聞いて」

「ああ……」

地方の研究会に出席していると、各地方の病院に散っている同じ専門の大学同期と顔を合わせることはままある。

同窓会というほど規模の大きいものではないだろうが、貴志はそれを史緒に何気なく話し、史緒は今、恋人の過去に思いを馳せて不安と混乱に陥っているらしい。

貴志は仕事では有能で、所謂《いわゆる》完璧なエリートドクターだが、おかしなところで大雑把だ。年下の恋人の機微をうっかり見落としてしまったのだろう。

「何か、同窓会って言われたら、貴志さんには俺が全然知らない昔があるんだなって改めて思って、いきなり不安になって……。仕事で行くんだって分かってるのに、本当は、行かないでって言いたかった」

天野は内心、驚いてしまった。

とにかく負けん気が強く、年齢とは不相応なほどしっかりしている史緒だ。我儘《わがまま》など滅多《めった》に口にしない。子供なりの意地で、まだ未熟な心の脆《もろ》さを決して悟らせようとしなかった。

天野は貴志ほど鈍感ではないので、それが強がりだとかなり初期から見破っていた。だから様々な方法でからかったり突き回したりもしたが、史緒はいつも精一杯天野に反発していた。

それが今はこんなにも易々《やすやす》と弱味を晒《さら》している。片思いでいた時期より、両思いでいる今の方がずっと弱い。失いたくないものが出来ると、人は弱くなる。だから天野は真剣な恋はしないと決めている。

「だって、同窓会とかで昔の恋人とかと、会ったりしないの？　会って、それで久しぶりで懐かしくなってお酒飲もうとかそんな話になって、それで今夜泊まるホテルのバーとか行って、そしたら後は部屋で話そうかとか、そういうことになったりするよね？」

「それは、人によるんじゃないの」

「だって、貴志さんきっともてたもん」

史緒はきっぱりとそう言って、それから気恥ずかしそうに項垂《うなだ》れてしまった。

「俺だってそれくらい分かるよ。貴志さんは格好いいし、頭もいいし…俺、この前怪我《けが》したときに貴志さんが仕事してるところ見かけたけど、いつもぱりっとしてて冷静で、昔の恋人なら尚更惚《ほ》れ直しちゃうよ」

経験値が低いなりに、いや、低いからこそかなり念入りな妄想が展開してるらしい。実際、昔付き合った男女――貴志の場合は主に男が相手だったが――とたまたま再会して「焼けぼっくいに火がつく」のはそれほど珍しい話でも何でもない。

天野は食事をあらかた食べ終わり、煙草を取り出すと火を点けた。酒はビールからウィスキーに切り替えた。

長い足を組み、顔を史緒から逸らして悠々と紫煙を吐く。

「史緒ちゃん、そういうのはさ、久保に直接聞いたらいいよ。どんなときでも一人でぐるぐるしないでいいって前に言っただろ？　わざわざ俺をこんなにもてなさなくても。あいつは俺と違って優しいから、どんな質問だって誠意を持って答えてくれるよ」

「それは、そうかもしれないけど……」

史緒の細く、白い喉《のど》がこくんと音を立てた。

「でも、貴志さんから直接聞くのも、怖い。だって俺と貴志さんって、十三歳も歳の差があるんだよ。十三年分、貴志さんは俺より色んなこと知ってるんだよ。モノ知らずの俺がつまんないって思っても、当たり前なんだよ」

十三年。

上から見下ろしている分には大した距離ではなくとも、下から必死で手を伸ばしている立場にすれば、途方もなく大きな距離だ。

「貴志さんは今、俺のこと恋人にしてくれてる。それで、俺は絶対努力して、すごく頑張って、出来たらこの先も、貴志さんの傍にいたいって思ってる。だけど、過去は？　貴志さんの過去だけは、どうしたって俺には介入できない。今とか未来より、過去の方が楽しかったって、一瞬でもそんな風に思われたらどうしよう」

「うーん……」

「俺、同窓会とかそんなのがあるって聞く度に、きっとこうやって不安になる。十三年っていう歳の差に、焦って劣等感もって。せめて天野さんくらい、歳が近かったらよかったのに。昔の貴志さんをもっと知りたかった。そうしたら、こんなに、貴志さんのこと疑って。自分が大嫌いにならなくて、よかったのに……」

内心、苦笑してしまう。

こんなに饒舌《じょうぜつ》な史緒を見たのは本当に初めてのことだ。それだけ悩んでいたのだろうと思うと、可哀想だと言うより、ひたむきで可愛らしいと思う。

恋愛初心者ならではの悩みだろう。恋人がどんな恋愛遍歴を重ねているのか、果たして自分は恋人に愛される価値があるのか。不安で不安で仕方がないのだ。

たったの一週間で相手のすべてを知り抜くこともあるのだが、——去年の、夏に起きたあの一件は奇蹟にも近い出来事だ。

「……何で笑ってるの？　俺、真剣なのに」

「いや、笑ってない、笑ってません」

指に煙草を挟んだまま、鷹揚に微笑する。これ以上刺激してからかう必要もないだろう。

だが、史緒はいっそういきりたった様子で悩みを吐露する。

「バカみたいなこと言ってるって分かってるよっ、でも、それくらい好きなんだ。自分じゃどうしようもないんだ」

ぎゅっと目を閉じて、ただでさえ華奢《きゃしゃ》な肩をいっそう竦めた。

「……こうしてる間も、貴志さんが昔の恋人と顔を合わせて、浮気……、とかしてたらどうしようって思ってる。浮気が、本気になったらどうしよう。やっぱり俺みたいな子供の相手は出来ないって思われたらどうしよう」

長い睫毛《まつげ》が不安そうに震えている。その瞳が、天野を見据えた。

透き通るような素肌を紅潮させ、目を潤ませている。その一途さに、健気《けなげ》さに、世知に長《た》けた天野も思わず息を呑《の》んだ。

「……どうしたらいい？」

「……あいつは、浮気なんて不誠実なことはしないよ」

史緒の不安は、客観的に見ればまったく的外れなものだった。何故《なぜ》なら、貴志は史緒にぞっこんでいるのだ。

あの何事にも執着しないでいた後輩が、十三年の歳の差などものともしないほど史緒を溺愛し、どれほど大切にしているか、天野ははっきりと感じ取っている。しかし、貴志は自分の感情を無闇《むやみ》に曝《さら》け出すことはしない。たとえ史緒が相手でも、だ。

それは確かに、十三歳という歳の差がもたらす大人の余裕だろう。だから史緒は、まるで落ち零《こぼ》れのような劣等感に胸を痛めるのではなく、ただ貴志に甘えていればいいのだ。

いつも相伴に与《あずか》っている美味い食事の礼に、いかに史緒の恋人が史緒にぞっこんでいるか聞かせてやろうと思った。

ところが不意に、思い詰めたような言葉がこちらにぶつけられる。

「でも、天野さんだってそうじゃないか！」

「へ？　俺？」

「天野さんなんて、貴志さんとずっと仲よかった」

「えぇーっ‼　ちょっと待ってよ、俺まで疑惑の対象になってんの⁉」

天野は仰天して、ウィスキーが入ったグラスを持ったまま椅子ごと引っ繰り返りそうになった。

しかし史緒は本気のようで、椅子から立ち上がると一気に天野にまくし立てる。

「だって、貴志さんあんなに淡白で面倒くさがり屋なのに、十何年も友達やってこれたってそれだけでもう怪しい。それに以前に天野さんはずっと、ここに泊まりに来る度に貴志さんのベッドで寝てたじゃないか。一緒に眠ってたら一回くらい、そういう関係になったこと、あるんじゃないの？」

「史緒ちゃーん。酒も飲んでないのに酔ってんの？」

勘弁してよー、と天野はテーブルに頬杖を突いて、金褐色の髪をかき上げる。

「だからー、あれは史緒ちゃんを不安にさせないための久保の方策だったって説明しただろ？　男二人で一つのベッドで寝かされて、夏場であっつい時はあいつを蹴り落として床で寝させたこともあるさ」

「……ひっどい……」

「だってあいつの部屋のベッドって、セミダブルじゃん。一人で寝るにはゆったり出来るけどさあ、男二人寝るにはかなりきついって」

「そんなことないよ、二人でだって充分快適に眠れるよ」

不思議そうな史緒の声音《こわね》を聞いて、天野は大笑いしそうになる。

セミダブルで二人で眠っても、充分快適、か。それがすべての答えなのに。

「結局、史緒ちゃんはあいつの過去に、嫉妬してるんだよな。それでやきもきしてる」

灰皿に煙草の灰を落としながら、天野は冷静な口調で指摘した。

「そうかもしれない……ううん、そうだと思う」

「じゃあ教えてあげようか」

史緒が無言で目を上げる。

「教える？　何を？」

「恋人の過去にもう二度と思い煩わされずに済む方法」

史緒が目を見開く。テーブルを飛び越えそうな勢いで身を乗り出してきた。

「そんなの、あるの……？」

「あるある。だからさ、史緒ちゃん」

天野は新しい煙草に火を点《つ》け、悪戯《いたずら》っぽい微笑を浮かべた。

「俺と寝てみる？」

「へ？」

「今日、俺と一緒に寝ようよ。久保の部屋の、あのセミダブルで」


風呂を終え、適当に引っ張り出した貴志のTシャツに着替え、タオルを首にかけたまま史緒が待っている寝室に入る。

まだだらだらと飲み続けているウィスキーのグラスに口をつけながら、扉を閉めた。セミダブルベッドの上で史緒がびくりと体を強張《こわば》らせたのが、掛け布団越しにもはっきりと分かる。

「入ってもいい？　たぬき寝入りならあえて起こさないけど」

「……起きてます」

ベッドの中で、史緒が慌てて体を起こした。たぬき寝入りをしておかしな悪戯をされたら敵《かな》わないと思ったのだろう。

こうして改めて考えると、何とも淫猥《いんび》なシチュエーションだ。ベッドの中にいる少年は一途に思い続ける相手がいて、それなのに無防備にベッドの上で、天野を待っている。

ここで天野が力ずくで史緒の体を奪ってしまうのは容易《たやす》いことだ。体格も腕力もまるで違うし、史緒はセックスの相手など貴志しか知るまい。快感で籠絡《ろうらく》してしまえばこの年頃の少年など簡単に意のままになってしまう。

天野がベッドの縁に腰掛けると、緊張した声音で史緒が尋ねる。

「天野さん、ほんとに寝るの？　俺と、ここで」

「うん、寝るよ」

「そ、そう……」

「何か問題でも？」

「だって、さっき、俺に教えてくれるって言わなかった？」

どうして同じベッドで眠ることが、恋人の過去に拘泥《こうでい》しないで済むことに繋《つな》がるのか。それが分からないと史緒は言う。

「うん。だから史緒ちゃんは今から俺と寝るんだよ」

「分かった。じゃあお休みなさい」

天野が腰掛けている縁から遠ざかるように、ベッドの隅へと体を寄せる。天野は掛け布団を剝《は》ぐと、史緒を抱き寄せ、上半身で圧《お》し掛かるように押さえ込んだ。

史緒の細い手首を一纏めにして、片手でシーツに縫い止める。

「……何ですか？」

「さっき言ったよな、あいつの過去に嫉妬しないで済む方法。嫉妬を感じるのは経験豊富なあいつと違って史緒ちゃんの過去の恋愛データが白紙だから。だったら史緒ちゃんもあいつに言えない過去を作ればいい」

「…………………」

史緒が顔を強張らせるのが分かる。

「寝るって、一緒に寝転がって眠るだけだよね？」

「んんー？　史緒ちゃん、さっき言ってたことと矛盾してない？」

天野は史緒を押さえ付けたまま、顔を寄せた。

「同じベッドで寝る以上、そういうことになっても、何もおかしくない。今だって何が起こってもおかしくないと思わないか？」

「ちょ、ちょっと」

首筋に鼻先を埋《うず》める。史緒がうろたえたように体を捩《よじ》らせる。

「やです。俺は、貴志さん以外とこういうことはしない、絶対しません」

「でも、貴志は今頃、史緒ちゃんが言った通り、昔の恋人と顔を合わせて何だかんだで、楽しいことしてる最中かもよ」

「…………‼」

容赦のない天野のからかいに、史緒は目を見開く。耳朶《じだ》を甘く噛《か》み、耳孔に舌を押し入れる。濡《ぬ》れた感触に、華奢な体が、ぴんと反り返った。

「あっ、あ！」

パジャマの裾から指を忍ばせようとすると、史緒はもう何も耐え切れなくなったように、遮二無二暴れて天野の拘束を解いた。

「やだってば！　天野さん……！」

史緒は飛び起きると、ベッドサイドに置かれた文庫本を投げつけてくる。それは天野の額を直撃した。

「あいたー……ちょっと史緒ちゃん、物投げる癖、いい加減に直せよ」

「違う、違う‼　貴志さんがもしも浮気してても、俺が勝手に悲しいだけだ。十三も年下の俺なんか面倒くさくてもういらないって言っても、俺はやっぱり、一生貴志さんだけが好きなんだから」

史緒は天野に押さえ込まれた驚きと、激情にとうとう泣き出してしまう。

「だから俺のこと触らないで。俺は貴志さんの恋人なんだから……っ」

後から後から溢《あふ》れる涙を、史緒は手の甲で必死で拭《ぬぐ》っている。その言葉を、史緒が自発的に口にしたなら、問題はほぼ解決だ。

「分かった分かった。ごめん、怖かったな？　ん？」

「…………っ、…………ひっ、く……」

天野はシーツの上に膝を立てた格好で座り込む。その足の間に、史緒を挟み込むように抱き寄せた。史緒は一瞬肩を強張らせたが、落ち着かせるように背中を撫《な》でてやると、天野にもう他意がないことを悟ったのか、されるがままに宥《なだ》められている。

天野にしても、最初から史緒をどうこうするつもりなど毛頭ない。

「史緒ちゃんは可愛いよ」

つむじに鼻先を寄せ、天野は史緒にそう告げた。

「俺も久保もこういうとき、たとえベッドの上で可愛い子がころころ転がってたって、余裕で自分を制御出来るんだよ。あいつはどんな魅力的な相手に誘惑されても、史緒ちゃんが泣くんじゃないかってそう思うだけで浮気なんか絶対しないよ」

さっき、史緒はセミダブルのベッドで貴志と眠っても、それほど窮屈ではない、と言った。

確かにその通りだ。

確かに、男二人がこのベッドで普通に寝ようとすると、どうしても互いの体が邪魔になる。

しかし、こうして抱き合っていると、このベッドも決して狭くない。

セミダブルベッドで二人で眠って狭くない理由など一つしかない。

貴志はこのベッドで史緒と眠るとき、大切に、何かから守るように、小さな恋人を暖かな腕にすっぽり抱き締めて眠っているのだろう。その腕が優しいから、本当に自分を大事にしてくれていると分かるから、史緒は安堵《あんど》していられるのだ。

「だから史緒ちゃんがあいつの過去に嫉妬するなんて馬鹿げてる。確かに十三歳の歳の差は埋めようがない。でも大事なのはあいつが史緒ちゃんと一緒に過ごした時間の方だ。史緒ちゃんは二年半以上もあいつと一緒に暮らして、恋人になったんだろ？」

「…………」

「いいじゃん、十三歳年下だってなんだって。俺にしたらあいつは一つ年下なんだけど、史緒ちゃんを見てるのとそう変わらないよ」

天野は優しく、史緒に笑いかけた。

「不器用で、それでも一生懸命恋してる。史緒ちゃんはそれを信じてやればいい」

史緒はしばらく間を置いてから、やがて小さく、こくんと頷《うなず》いた。


朝になって、目を覚ますと、もう史緒はベッドの中にいなかった。

欠伸《あくび》をしながら階下へ行くと、すでに史緒は着替えを済ませ、制服にエプロンを着けた姿でキッチンで立ち働いている。

朝の清潔な陽射《ひざ》し。淹《い》れ立てのコーヒーと、パンが焼ける香ばしい匂いで室内は満ちている。

「顔洗って来てください。ご飯の支度、もう出来るから」

目覚めの熱いコーヒー、ハムとチーズ、薄くスライスしたトマトを挟んだホットサンド、コンソメのスープと野菜ジュース。

朝からきちんと栄養が行き届いた食事を作る。茶碗洗いも大方もう済ませてある。

史緒は昨日泣いたせいで、少し腫《は》れぼったい目をしていて、やや罰が悪そうに俯《うつむ》いている。

「天野さん、今日も忙しいの？」

「忙しいですよ。まあもう慣れたけどね、毎日のことだし」

「忙しいのに……」

ごめんなさい、と小さな、小さな声で謝った。

天野はそれに微笑を返してコーヒーを飲む。

不意にこちらに近付く自動車のエンジン音と、それに続く急ブレーキの音が野外に響いた。

驚いて窓から玄関のアプローチを見遣《みや》ると、スーツ姿の貴志がタクシーから降りて来る姿が見えた。そのままアプローチを突っ切り、猛烈な勢いで玄関の扉を開ける。

「史緒‼」

ダイニングに飛び込んで来た貴志を見て、史緒は齧《かじ》りかけのホットサンドを手にぽかんとしている。

「ええっ？　貴志さんなんでこんなに早いの？　午後に病院に帰るんじゃなかったの？」

「史緒、お前……」

そう言ったきり絶句して、大股《おおまた》に史緒に近付くと、頬を両手で包み込んで、小さな顔を検分するように見詰めている。史緒の正面に座った天野は吹き出すのを何とか堪《こら》えていた。

貴志は小脇に抱えていたコートをその場に放り出すと、天野に険しい顔を向ける。

「天野さん、ちょっと」

はいはい、と天野は席を立ち、貴志が誘導するままに脱衣所に入る。その途端、いきなり胸倉を摑《つか》まれて、壁に背中を押し付けられる。

「いってーな。何すんだこのクソ後輩」

「あんたね…、いったい何のつもりなんですか」

貴志は半ば蒼褪《あおざ》めている。それは大慌てで帰って来るだろう。

貴志がスーツのポケットから取り出したのは携帯電話だ。昨晩、眠る間際に、天野は貴志の携帯に一通のメールを送った。件名「今からいただきます。」で、こっそり撮った史緒の寝顔の画像を添付した。

貴志は携帯電話を脱衣籠《だついかご》に投げつけ、抑えた声で天野を問い質《ただ》す。

「…………こんなメール寄越したきり、携帯にかけても出ないし、うちの家電にも誰も出やしない。何がどうなってるんですか！」

「おう。携帯は電源切ってたし、家電は俺がジャック抜いておいたからさ」

天野はへらっと笑って後輩に答えた。

「まさか、史緒におかしな手出しをしてないでしょうね」

「手は出してません。ごちそうさまのメールは届いてないだろ？　喰ってないよ、飯は喰わせてもらったけど」

「ふざけるのは止《や》めて下さい。こっちは朝イチの新幹線で大阪から飛んで帰って来たんですよ。万一のことがあったなら、天野さんでも許しません」

「許さねーだと？　お前、いつから俺にそんな口きける立場になったんだ？」

天野は腕組みをした余裕の表情のまま、ジーンズに包まれた膝でいきなり貴志の下腹を蹴り上げる。隙をつかれた貴志はうっと腹を手で押さえた。

「隙だらけだってんだバカ。俺を責める前に何でそういうことになったのか、よく考えてみろ。あの史緒ちゃんが何の理由もなく俺に寝顔晒すような真似すると思うか？」

貴志がさっと表情を強張らせた。

「まさか、また怪我でもしたんですか。それとも、頭を打って、……あの子が」

「いいや。史緒ちゃんはいつもの史緒ちゃんだよ。それに残念だけど、あの子はもうきっと二度と、お前の前に現れないよ」

史緒とシオはあくまで同一人物なのだ。

まったく正反対の人格に見えて、けれど貴志を一途に思うその気持ちが綺麗にシンクロして溶け合っている。

「俺も信用ないな。十年来の後輩に恋人寝取ったとか疑われるんだー。ま、普段の素行が素行だから仕方ないか」

貴志がバツが悪そうに、天野から目を逸らす。

「仕方ないでしょう。あいつは可愛いから、天野さんでもふらっと来るかもしれない」

猛烈な惚気《のろけ》に、天野は脱力しそうになった。まあ、必死で天野に抵抗して、貴志への慕情を訴える泣き顔の史緒に、少しくらりとしなかったかと言えば、嘘になる。

「どうかしたの、二人とも」

史緒が恐る恐るといった様子で、脱衣所の扉を開ける。貴志が冷静な素振《そぶ》りで、天野から体を離した。

「いや別に。留守中、何か変わったことはなかったか？」

「別に、何も。天野さんに来てもらったし……貴志さん？」

薄っすらと漂う険悪な雰囲気を感じたのか、史緒は不安そうに貴志の顔を覗き込む。

「貴志さん？　貴志さん、どうしたの？」

しかし貴志は何も答えず、ただ史緒に笑いかける。史緒もほっとしたようにとびきりの笑顔を見せた。

「ええと……お帰りなさい」

「ああ、ただいま」

貴志が史緒の柔かな髪に指を差し込み、上向かせる。さっきの蹴りの意趣返しのつもりなのか、天野を一睨みすると、見せ付けるように史緒と唇を合わせる。

「た、貴志さ……、ん……っ」

最初は驚いて貴志を突き飛ばそうとした史緒は、一日ぶりの抱擁に、呆気《あっけ》なく夢中になっている。これ以上、あてられる必要もないだろう。ダイニングに戻ると、天野は食べかけのホットサンドを口に咥え、さっさと久保家を出、愛車のジープで職場に向かった。


史緒はその日、貴志に引き止められ、セミダブルのベッドに放り込まれて学校を大幅に遅刻してしまうのだが、天野に問い質されてそれを白状してしまうのは後日の話だった。

蜂蜜ホットミルク・レシピ

「二泊三日だから、そう不便はないと思うんだけど」

冷凍庫に様々な作り置き食材があることを説明して、史緒《しお》はシンクの横のゴミ箱を示す。

「明日はゴミの日だけど、朝早く出さないといけないから貴志《たかし》さん大変でしょ、放っておいていいから。どうせ二人分出し、たいした量じゃないし。洗濯物も全部置いといて構わないから。掃除も帰ったらまとめてやっちゃうし、大丈夫」

それから背後の貴志を振り返った。

「大丈夫そう？　問題なさそう？」

「まあ多分。最近、ずっと家事はお前任せだったから、正直何に困るか、心配事すら思い付かないなあ」

物慣れない様子でキッチンを見回す貴志に、史緒は溜息《ためいき》を吐《つ》いた。

史緒は明日、二泊三日の予定で京都に向かう。学校の研修旅行だ。玄関にはボストンバッグに詰められた三日分の荷物が用意してある。授業はもちろん休みで、秋の京都に行くなんて、本当なら楽しみにするべきところなのだろうけれど。

「別に、研修旅行なんて行かなくたっていいのに。最初からサボるって決めてるやつだってクラスに何人もいるんだよ」

予備校の都合を優先させたり、他校に彼女がいて、研修旅行をサボって二人で過ごす計画を立てていたり、とにかく京都には行かないと言う。貴志も、史緒に干渉しなかった以前ならサボることを止めはしなかっただろう。だが、京都行きに乗り気でない史緒を、貴志は是《ぜ》非《ひ》にも行って来いと諭《さと》した。

「短い間だし、何とか自分でやるよ。でもまあ、寂しいかな」

率直にそう言われて、史緒は思わず貴志の顔を見上げた。

貴志はいい大人だ。二泊三日くらい、史緒がいなくともどうとでもなる。それも分かってる。でも単純に、史緒が貴志の傍《そば》から離れていたくない。それだけだ。

「気を付けて行っておいで」

「うん……」

少し緊張したが、手を差し出すとそれは優しく受け取られ、広い胸に抱き込まれる。おやすみ、と額にキスをもらい、史緒は目を閉じた。

「早めに寝ろよ。明日早いんだろ、遅刻したら大変だ」

貴志の言葉はいつも史緒の心を暖かく満たし、キスは優しい。だが史緒はまだ少し不満だ。

二泊三日とはいえ、遠く離れるのだから今日は何かあるのだと思った。だが貴志が言う通り、明日はいつもより早くに起床して東京駅に集合の予定だし、貴志もいつも通り出勤だ。

なんだ、やっぱりしないんだ……。

恋人となってからもう半年以上経《た》っているのに、セックスは三週間に一度くらいしかしない。そう約束したわけではない。他の恋人同士の性交渉の回数がどうなのか史緒にはよく分からないが、一緒に生活していることを考えるとかなり少ないのではないかと思う。

史緒とは反対に、貴志は三週間に一度の関係でもかなり躊躇《ためら》っているはずだ。多分、保護者としての自分の立場と、史緒の年齢や体を慮《おもんぱか》ってのことだろう。

別に、そこまで大切にしてくれなくたっていいのに。二泊も離れる前日くらい、羽目を外してくれたっていいはずなのに。でも、貴志がそう判断したなら従うべきだ。京都に行けと言うなら行くべきだ。それくらい、分かっているけれど。

ぐるぐると回り続ける思考にけりをつけるため、かぶりを大きく振って、史緒はまた一つ溜息を吐いた。


「俺、京都って行くの初めて。うちの家、旅行は国内より海外の方が多いんだ」

京都へ向かう新幹線は、東京駅で発車を待ち、待機中だ。史緒は京都を共に行動する同じ班のクラスメイトたちと一緒に座席を向き合わせて座っていた。

「去年、シスコに住んでる友達がうちにホームステイしてたんだけど、日本に何度も来てて、京都には四回行ったって。でも自由の女神は一回も見たことないんだって」

「自分の国の観光地って意外と旅行しないものなのかも。いつでも行けるって思っちゃってさ。そんなもんじゃない？」

友人たちの会話を、史緒は黙って聞いていた。史緒には旅行の経験がほとんどないので、よく分からない。多忙な貴志との生活で、旅行に行ったことは皆無だ。実の両親二人は旅行どころじゃなかったと思う。

史緒の隣に座っている友人がこちらに目を向けた。

「雪村《ゆきむら》は同居してる人がいるんだろ。普段家事引き受けてるって聞いたけど、二泊三日大丈夫なのか？」

史緒が血の繋《つな》がらない他人と暮らしているのは周知の事実だ。保護者と姓が違う理由をクラスメイトに尋ねられたので、本当のことをそのまま話した。

「うん、ご飯は作り置きして来たし、三日間だから掃除もする必要ないって言っといた。そう問題はないと思うんだけど……」

「作り置きってカレーとか？」

「うーん、カレーだとありきたりだし、ご飯が炊き立てじゃないと美味《おい》しくないから。肉とか焼いて、真空パックで冷凍して、レンジで温めたら食べられるものを色々作っといた」

すごい……と友人たちは感心した様子だ。それも当然だろう。彼らはまだまだ家事は母親任せが当然なのだ。

「でもお前、ラッキーだったよ。その人が薄給のサラリーマンとかじゃなくて。医者で、しかも外科医ならあんまり遠慮もしなくていいじゃん」

目の前の席の吉澤《よしざわ》が笑顔でそう言った。他の誰かが言ったら、とんでもなく非常識な暴言かもしれないが、吉澤が言うとどぎつさを感じない。育ちがいいゆえの天真爛漫さだ。何を言ってもやっても、悪気も毒もまったくない。

だから史緒は苦笑して、そうだね、と答えておいた。吉澤は隣の友人から「バカ」と小突かれている。

史緒は吉澤が少し苦手だった。

旅行中、共に行動する班はクラスの出席番号順六人で作ることになっている。普段まったく親しくしていないが、吉澤は目立つ。背が高くていまどき風に手足が長く、顔立ちが整っている。成績も優秀な上、サッカー部の副部長を務めているとなれば、女子からの人気も当然抜群だ。惜しむらくは、とにかく賑《にぎ》やかで、何かと問題を引き起こす。この旅行でもきっと騒ぎの中心は吉澤だろうと言われているくらいだ。そんな吉澤と同じグループになったことに、史緒は多少不安を感じないでもない。史緒はもともと静かに穏やかに過ごすのが好きだし、それにとにかく、滞りなくこの旅行を終わらせて、速やかに貴志のいる東京に帰って来たい。史緒が考えているのはただそれだけなのだ。もちろん、吉澤と仲違《なかたが》いをしたいわけではない。楽しく過ごせたらそれにこしたことはない。

「雪村、どうした？　ぼんやりして。吉澤が傍にいてうるさいんじゃない？」

「何で俺のせいなんだよ」

唇を尖《とが》らせて抗議して、吉澤は史緒の顔を覗《のぞ》き込む。

「二泊三日も東京を離れるって言ったら、雪村の彼女怒んなかった？」

史緒は当惑して答えた。

「彼女なんていないけど…」

「ほんと？　雪村の雰囲気、最近ずいぶん変わったなあってクラスの奴らも言ってて、彼女でも出来たのかなって。違うの？」

「…彼女なんて、いないよ」

彼女は、いない。嘘はついていない。しかし、そんな噂話をされていたとはまったく気付かなかった。史緒は貴志のことで頭がいっぱいで、クラスメイトたちにあまり関心を持っていなくとも、彼らの方は変わった生活環境の史緒に興味津々なのだ。

「ほら外れた。吉澤はいい加減なんだから。昨日も祇王寺《ぎおうじ》は縁結びの神社だ、なんて言っちゃってさ、罰当たりな奴だ」

「それとこれとは関係ないだろ」

吉澤が頬《ほお》を膨らませたその時、新幹線の発車を知らせるアナウンスが流れた。吉澤がシートに背中を沈め、流れ始める窓の景色に目を向ける。そしてにこっと史緒に笑顔を見せた。

「まあ、せっかく行くんだからさ。楽しい気分で行かないと。二泊三日、晴れるといいな」

旅行の間、晴れますように。旅行前の子供の願いなんて、せいぜいその程度でいい。

「史緒ちゃん、今日から京都だっけ。どこ回んの、祇園《ぎおん》とか先斗町《ぽんとちょう》？」

隣のロッカーの天野《あまの》がそう尋ねた。白衣に腕を通し、視線を上向けてかの地に思いを馳せているらしい。

「秋の京都といえば、ひやおろしだよな。海鼠《なまこ》に甘鯛《ぐじ》、美味《うま》いものが多いよな。あーあ、次の学会、どこでもいいから飯《めし》が美味い地方でやってくんないかな」

「清水寺《きよみずでら》とか銀閣寺《ぎんかくじ》とかでしょう。ひやおろしはないですよ、高校の研修旅行なんですから」

「ふーん、普通に観光かあ。可哀想だよな、子供は。世界の半分をまだ知らないんだもんな」

夜の世界を知らない子供たちは、世界の半分を知らない。平素いい加減でだらしない天野だが、時折含蓄のあることを言う。そして貴志ににやりと笑いかけた。

「行きたがらなかったろ？」

「え？」

「旅行、行くの渋ってたろ、史緒ちゃん」

ロッカーの扉を閉めると、後輩のドクターが二人、ふらふらとロッカールームに入って来た。昨日の夜勤の担当だ。今から帰宅出来るのではなく、彼らも通常業務に入るのだ。勤務医が激務と言われる所以《ゆえん》のシフト制だ。

「ああ、まあ…どうして分かったんです？」

「そりゃあ、あの子にしたら暇さえあればお前に引っ付いていたいだろうに、学校行事だからって二泊も京都に行けなんて理不尽極まりないだろ。今頃高校生って自分の身の上を嘆いてんじゃない？」

「確かに気乗りしない様子だったけど、そういう理由かどうかは知りません。単に俺の家事能力に不安があるからかも知れないですし」

そんなことが理由ではないだろう。分かってるくせに何を保護者ぶってんだか。

天野のからかうような視線に気付いて、貴志は咳払《せきばら》いをした。

「あいつ、俺との生活のことでいつも頭がいっぱいでしょう。多分普通の高校生としての生活が疎《おろそ》かになってると思うんです。友達もいるみたいだし、成績もいいけど、それも表面的に取り繕って問題を起こさなきゃいいって考えてるだけなんですよ。友達のことで悩んだり、喧嘩《けんか》したり、もっと同い年の子供たちと関わりを持たせないと。今回の旅行はいいきっかけになると思います」

家に友人を連れて来て構わないと言っても、一度も連れて来ない。

学校の話もあまりしない。聞けばもちろん話はするが、ごく表面的なことばかりだ。

自分との関係が史緒から持っていて当然の「高校生らしさ」「高校生生活」を奪っているのではという危惧《きぐ》が拭《ぬぐ》えない。それを口にしたとしたら、史緒は史緒でまた取り繕ってその場をやり過ごしてしまうことが目に見えている。

だから、貴志は今回の旅行に史緒を参加させたかった。本人が嫌がっても、だ。

「保護者だったり恋人だったり、お前の立場もややこしいな」

「基本は保護者ですよ。あいつが自立出来るようになるまでは、あいつがどれだけ子供扱いを嫌がっても人並みに育てるつもりです」

それが当然の義務だと思っている。だから、昨晩夜に不満そうな顔を見せても、気付かないふりをした。過剰なセックスの前に覚えることが史緒にはまだたくさんある。

いずれ史緒にも分かるはずだ。そう信じているから、史緒ががっかりした顔をしても突き放すことが出来る。

「まあ確かに、学校から集団で旅行なんて、大人になったら有り得ない。お前が言う通り、今のうちにやっておかないと。大人になったら旅行そのものにも自由に行けやしないし」

どこかにどうしても行きたいと思えば、医者という職業を捨ててでもその場所へ向かうだろう。そんな天野が言っても何の説得力もないが。

無責任で自由な時代。あの子に、それを失うような不幸な思いはさせられない。

そう、だからまずは、三日間の京都旅行が史緒にとって良いものになるように。

「ま、手のかかるお子様がいないんだ。二泊三日、のんびり静かに過ごせよ」

白衣を着た天野は片手を上げ、ロッカールームから出て行った。

子供が冒険している間、大人は帰る場所を守るのが仕事だ。三日後、自分のもとへと帰って来た史緒の笑顔を想像して、貴志はひっそりと微笑した。

初めて訪れる京都は賑やかだった。

宿泊先のホテルで点呼を取ってからは、生徒たちは予め決められている班ごとに分かれて教師に提出した予定表通りに観光地を回る。寺院や神社、大作家と言われる小説家や芸術家の生家などだ。

行動予定を決めるのは、すべて吉澤や他の班員たちに任せた。京都旅行にあまり気のりしていなかったからだ。下調べはほとんどしていないし、オリエンテーションも上の空だった。

貴志と離れる二泊三日が憂鬱《ゆううつ》で仕方ない――研修旅行なんて、早く終わってしまえばいいのに。だが、京都はそんな史緒も考えを改めるような魅力を持った街だった。

巨大で近代的な京都駅を経由し、バスに乗って、古《いにしえ》の気配が残る数々の寺院や遺物を巡る。京都の建物は、建物、というよりすべて歴史的建築物だ。その色合いは独特で、色褪《いろあ》せていて趣深く、季節真っ盛りの燃えるような紅葉が映える。しかもその色が濃密だ。色を変えた木立など東京でもいくらでも見られるはずなのに、歴史の古さが美しい景色をいっそう引き立たせていた。空気の重厚さになんだか臆してしまいそうだった。

「すごいなあ…街全体が燃えてるみたいだ。現実じゃないみたい」

「桜の頃にも来てみたいよな」

誰ともなくそんな言葉が聞こえる。拙《つたな》い言葉からも、眼前の光景への感激が伝わって来た。彼らと共に紅葉を見上げながら、史緒も青空と紅葉のコントラストに陶然としていた。

「あれ、吉澤は？」

班員の一人が、後ろを振り返った。

「何でいないんだよ、さっきまで一緒にいたのに」

携帯電話にかけてみたが応答がない。吉澤以外の五人で周囲を駆け回ると、茶屋にいる吉澤を見付けた。軒先に敷かれた緋毛氈《ひもうせん》の上に正座して、リュックを背負った三人の白人の外国人旅行者と話し込んでいる。食べているのは名物の串団子だ。

「吉澤！」

史緒が声を上げると、他のメンバーも慌てて茶屋に駆け寄る。

「何やってんだよ、馬鹿！　もー！」

「心配するだろ、勝手にあっちこっち行くなよ」

他の班員に声を揃《そろ》えて怒られても、吉澤は対して応《こた》えた風でもない。同席していた観光客に手短な英語で挨拶して店を出て来た。

「清水寺に来て、すごい感動したって。日本の歴史をもっと知りたいっていうから質問に答えてたんじゃん。日本史選択してて良かった」

「そんな問題じゃない！　何も言わないでいなくなったら心配するじゃないか！」

「だって先にお礼のお茶とお菓子買ってってくれたんだもん」

「だもんって、子供かよ、お前は」

そんな風に、吉澤が不意に姿を消すのは度々だった。

立ち入り禁止となっている社《やしろ》の複雑な内部にまで入り込んで出て来られなくなった挙句、神主にこっ酷《ぴど》く叱られたり、一泊目のホテルの夜は部屋に女生徒が入り込み、彼女らが深夜になっても帰ろうとせず、引率の教師に見つかって大目玉を喰らった。

最後の件は俺は悪くなくない⁉　と抗議していたが、揉《も》め事を起こしたくない、という史緒の気持ちと裏腹な行動だ。散々に吉澤を捜し回ることばかりで、腹を立てたり不愉快に思ったり、ということは決してなかったが、何となく不思議な気持ちにはなる。

いつもは貴志に庇護される立場の自分が、誰かを心配して捜し回る、ということに慣れない。いつもの自分とは違う役割を与えられる。これも旅行中ならではなのだろうか。

どうやら今自分は、これまで遠いものと考えていた高校生らしいイベントを味わっているのかも知れなかった。

「帰りか？　夜勤は？」

朝と同じシチュエーションだ。ロッカールームで着替えを済ませた天野に声をかけられ、舌打ちしたい気分になる。貴志は白衣を脱ぎ、所定の脱衣籠《だついかご》に放り込む。警戒していると気付かれたら余計に絡まれるので、素っ気なく答えた。

「いいえ、今日は。史緒がいないんで、入っても良かったんですが、今研修医が来てるんで任せました。内科《そちら》は？　忙しいって看護師《ナース》が言ってましたけど」

「俺が出勤した途端、患者が次々安定してさ。なんでかな、医師が優秀だからか、普段の行いがいいからか。というわけで飲みに行こうぜ」

「行きませんよ」

絶対に誘われると思ったので、天野に見つからないようさっさと帰ろうと思っていたのだ。史緒がいないことが、夜遊びに誘う格好の理由になる。

「明日も仕事ですし。天野さんもでしょう」

遅い夕食は、いつも通り自宅でとるつもりだった。史緒は京都に出る前日に作り置きの食材をあれこれ作っておいてくれている。料理が減っていないと、きっと心配するだろう。

「そうだけど、そんなんいつものことだろ。仕事の間に遊びも入れないと息が詰まる。あと何十年もこの仕事やってくんだから小休止入れてかないと長持ちしないぜ」

「朝、のんびり静かに過ごせって言ってませんでしたっけ」

「俺が言うかよそんなこと。のんびり静かだって？　バッカじゃねーの、どこの爺さんだよ」

「…………」

「そういえば、お前と最後に遊びに出かけたのっていつだったっけ。史緒ちゃんが来る前だったっけ？」

「そんなに前じゃないでしょう。史緒が来てしばらくは普通に外出してましたよ。あいつも、すぐに家事が出来るようになったわけじゃないし」

史緒が来た直後は、貴志はそれまでと同じ生活を続けていたのだ。

自分たちが同居することになった経緯を考えると、一緒にいてもあの子も気まずいだろう。だったらと思い、仕事が終わってもすぐには帰らず、外で天野と食事をしたり酒を飲んだりして帰るようにしていた。いつしか真《ま》っ直《す》ぐ帰宅するようになったのは、史緒が夕食を作って待っていることに気付いたからだ。

「これくらい大したことじゃないし、俺は居候なんだし、やって当たり前のことしてるだけだから。別に貴志さんに気を遣ってるとか、感謝してるとかじゃないから！」

と何故《なぜ》か怒りながら言っていたのを思い出して、貴志はつい笑ってしまう。そして同時に、素直に寂しいと言えなかった史緒に痛ましさも感じる。

あの子はずっと、寂しいと言えない子供だったのだ。

「二十代の身空で保護者になったお前でも、たまには息抜きしたって罰は当たんないだろ。

酒出す場所に行ったって、ただ飲んで帰ればいい。悪さしたいなら俺は止めないけど」

そう言ってデニムの尻ポケットからスマートフォンを取り出す。

「アリバイ作りなら任せとけ、史緒ちゃんにはちゃんと言って安心させとくから。自分がいない間、お前が浮気でもするんじゃないかって気が気じゃないだろうし」

そう言いながら器用な手付きでスマホに何かを打ち込む。史緒にメッセージを書いているらしい。スーツの上着に腕を通し、貴志は胡乱《うろん》な気持ちで天野を見た。

「何で天野さんとあいつがメッセージの遣《や》り取りしてるんですか」

「アホな奴だねー、自分がいない夜にお前が何やってるか心配だけど、お前には聞きにくいから俺に探りを入れてんだろ。史緒ちゃん、食事の作り置きに何作ってった？」

「生姜《しょうが》焼きとかピーマンの肉詰めとか蓮根《れんこん》と海老《えび》の何かとか。ネットで冷凍しても味が落ちない作り方を調べたって言ってました」

「久保は史緒ちゃんお手製の生姜焼き食ってビール飲んで、今は風呂入ってますよ、と。これでよし。さ、久々に夜遊びと行こうか」

重ねて拒否してもどの道連れて行かれるだろう。

そして、貴志はこの人に逆らえないのだ。医大時代以来の先輩だから、それだけではない。

久保家の家事をし始めた史緒を、当初貴志は「気は遣わなくていい、家事はする必要はない」と諭した。自分が久保家にいる理由を家事に求めた史緒に対し、最悪の優しさを見せた訳だ。

察しの悪い後輩をフォローしたのは天野だった。「溺愛する可愛い恋人ならともかく、本来養う義務のない未成年置いてやってるんだから、かかる生活費と学費の分、こき使ってやればいいいんだよ」という露悪的なからかいを史緒の目の前で口にした。

向こうっ気の強い史緒はそれで派手に反応を見せた。

「こき使われてる訳じゃない、俺は自分がしたいようにしてるだけだ！　だいたい、俺が家事をやらなきゃ誰がやるんだよ！」

こうして史緒は久保家のハウスキーパーという役割を手に入れた。あの時、天野が機転を利かせてくれなければ、史緒は一方的に貴志に養われるだけの立場にますます萎縮して、今の貴志と史緒の関係はなかっただろう。

だからまあ、恩義というと大袈裟《おおげさ》だが、やはり天野には感謝しているのだ。貴志はロッカーの扉を閉め、天野の後を追った。


京都二泊目の朝、予定よりずっと早い時間に、史緒は目を覚ました。

ツインの部屋にエキストラベッドを入れた三人部屋だ。友人二人はまだ眠っている。昨晩は深夜まで他の部屋のクラスメイトも交えてトランプを楽しんだ。

二人を起こさないよう身支度して部屋を出る。集合時間さえ守れば、朝食は各々《おのおの》が好きな時間にとっていいことになっている。

ビュッフェ形式のレストランは、高い天井まで届く一面のガラス張りで、ホテルの庭園の紅葉が見事に見渡せた。他の部屋の生徒たちどころか、一般の客もまだほとんどいない。

季節の木の実を混ぜ込んだ炊き込みご飯や、いい香りのお出汁《だし》に和食洋食、色んな種類のパンにシェフが目の前で焼いてくれる卵料理、中華もある。さらに色とりどりの果物や飲み物がぜいたくに並ぶ。

久保家では、朝食の用意をするのは史緒の役目だ。貴志に朝からおかしなものを食べさせられない、という責任を感じはするが、貴志が自分の料理を食べてくれるというのはたまらなく楽しくもあった。だが、何も用意をしなくとも朝食が食べられるなんてやっぱり嬉しい。

それに今日は、京都御所《きょうとごしょ》と二条城《にじょうじょう》に行く。京都の紅葉を目に焼き付けて、それから錦《にしき》市場《いちば》だ。貴志と天野にお土産を買おう。酒のあてになるような、美味しい練り物や漬物を探そう。旅行に興味はない、と思ってはいたが、来てみればやはりとても楽しいものだった。

視界の片隅で、誰かが史緒に向かって手を挙げた。ふらふらと近付いて来たのは吉澤だ。

吉澤とは別室なので昨夜どうしていたのかは知らないが、また朝方まで騒いでいたのだろうけれど。それにしても、何だか顔色が冴えないように思う。

「吉澤、具合悪い？　なんか顔色悪いよ」

「あー…、なんか頭痛くて。寝不足かな…」

だったらまだ眠っていたらいいのに。そんなにお腹《なか》が空いているのだろうか？

しかし吉澤のトレイの上に載っているのは小さなパン一切れだ。史緒は食べかけのゆで卵を置いて、吉澤の額を手のひらで探った。

「熱、あるじゃないか！」

「ちょっとだけ。昨日から頭、痛かったんだ」

だるそうに溜息を吐き、史緒の隣に座る。いつも元気な分、体調の悪さが容易に知れる。

「俺、旅行は基本的にダメなんだよ。楽しいんだけど、でもそのせいで具合悪くなるんだ。はしゃいじゃってさ、体調崩すの。子供みたいで嫌んなる。他の奴には黙ってて。気を遣わせるから」

顔色を友人たちに見せないために、わざわざこんなに早くに朝食をとっているらしい。

「それは分かるけど……」

「だから、黙っててよ、恩に着るから。体調悪いし早く寝なきゃなって昨日も思ったんだけど、また女の子たち来てたから、追い返せなくてさ」

「そっか。もてると、大変だなあ」

皮肉でもなく史緒がそう言うと、気怠《けだる》そうにパンを一口齧《かじ》る。

「あっちはあっちでキャーキャー言いながら、ほんとは勇気振り絞って来てるの、分かるし」

史緒は驚いて吉澤を見た。そんな風に気遣いをしているとは思ってもみなかった。

「あー、パンの味、よく分かんない。喉《のど》も痛いし、何食べたらいいんだろ…」

テーブルに突っ伏す吉澤が気の毒で、しかし史緒はそうだ、と声を上げる。

「じゃあ、ホットミルクにしなよ」

「えー、牛乳嫌いなんだよ、俺」

「蜂蜜入れたら甘くて美味しく飲めるから。俺、作って来るからそこで待っててなよ」

ビュッフェに戻ると、史緒は傍にいた給仕係に牛乳を温めて欲しいと頼んだ。まだ客が少ない時間でもあったので、快く引き受けてもらえた。熱いミルクが入ったカップに、パンのコーナーにあった蜂蜜を一匙《ひとさじ》もらって溶かし込む。

吉澤はマグカップを嫌々受け取ったが、一口飲んで、瞬《まばた》きをする。

「あ、美味しい……」

「だろ？」

蜂蜜は美味しい。甘くて栄養価があるし、喉にも優しい。

いつだったか、貴志が教えてくれたのだ。

「風邪ひいてるときって自分で思う以上に体力消耗してるから、栄養価の高いものを手っ取り早くお腹に入れるのがいいんだよ。で、今日はなるべく大人しくして、家に帰ったら熱い風呂入って汗を出す。そうしたら治りが早いから」

「雪村っておかーさんみたい」

吉澤が笑ってそう言った。だが、史緒にはもうおかーさん、と呼べる人がいないということを、すぐに思い出したらしい。

「ごめん……」

「いいよ別に、何とも思ってないよ」

「ごめん、俺、ほんと考えなしでさ」

吉澤は本当に申し訳なさそうだ。

「俺、小さい頃は体が弱くてさ。入院するのもしょっちゅうで」

小学校の卒業までは生きられないだろうと言われていたそうだ。だから、今言わなければ、やらなければ永久に機会を逃すという危機感をいつも感じているのだと言う。

「思ったことを言葉選ばずに言うのって素直、だけど子供の美徳だよな。いっそ自分の失言に気付かなきゃ幸せなんだけど、それだと相手に永久に謝ることが出来ないから」

思ったことを隠し立てたり、取り繕わずに口にするのは誠実だ。しかし立場を変えてみれば考えなしに発した言葉が相手を傷付けることになると気付く。史緒とは別の形態の「気遣い」なのだ。

「吉澤、けっこう色々考えてるんだなあ。言ったら悪いけど……えーと」

「いいよ、言葉選ばなくても。甘えた自己中心我儘《わがまま》タイプってよく言われる。雪村、正直めんどくさいなーって思ってたろ。今回、この旅行で俺と同じ班になって」

「そんなこと、ないけど」

「だったら嬉しいけど。俺は、雪村と同じ班になって嬉しかったんだ。普段、あんまり話とかしないし、気になってたんだ。雪村は授業終わるとさっさと帰るし」

それは、久保家での家事があるからだ。別にクラスメイトを避けていた訳ではない。

でも、表面上問題さえ起こさない適当な距離で付き合っていればいいだろう、と不誠実なことを考えていたのも本当だった。自分で思う以上に、何もかも、貴志の二の次だったのだ。

迷惑さえかけなければ何をしてもいいだろうと思うのはこちらの勝手な思い込みだ。壁を造ってそこに閉じ籠《こも》っている人間が傍にいると、周囲は気になるし、心配するものなのだ。

普段生活している場所から遠く離れて、日常の自分を顧みる。旅行の思わぬ効用だった。

「だからこれで、雪村とも何か思い出が作れるなーって。旅先なら思い出が一つでも多い方がいいだろ。俺が馬鹿なことやって、それが誰かの記憶に残ったら嬉しい。思い出って、自分の中に何かが残るだけじゃなくて、他の誰かの中の自分って意味もあると思うんだ」

「うん…、それは、なんか分かる」

史緒は自分の分のマグカップに口をつけた。

「自分の好きな人の中に自分がいるってすごく嬉しい」

貴志の顔を思い浮かべながらそう言うと、吉澤は目を輝かせた。

「ほらやっぱり。雪村、彼女いるんだろ？　そうじゃなきゃ今のセリフは出て来ないと思う」

史緒は笑ってそれには答えなかった。少し、クラスメイトとの付き合い方を変えてみようと思ったけれど、秘密は秘密のままでも構わないだろう。

もう今日、貴志に会える。あの人がいる街に帰るのだ。


思った通り、天野に連れてこられたのはひっそりとした店構えのバーだった。

以前は貴志もこの手合いの店で遊んだ。ここには酒があり、薄暗闇がある。それらは奇妙な親密感を作り上げ、初対面の相手でも後腐れのない関係をもたらしてくれる。とはいってもクルージングだけが目的というわけではなく、単に同じ性指向の持ち主たちと気兼ねない時間を過ごしたいというだけだ。

自分がゲイだとわざわざ喧伝する必要もないが、特別に隠し立てすることもなかった。過剰に秘密の意識を持たなかったせいか、普段の振る舞いに周囲も不自然さを感じることがなかったようで、職場でもセクシャリティに疑いを持たれたことはない。勤務医とは到底思えないほど素行の悪い天野と親しいことも幸いして、貴志が多少悪さをしたところで目立たないともいえる。

その天野は、背後のテーブル席で、顔なじみらしい客やマスターと飲み交わしている。貴志は賑わいに混じる気分にはなれず、一人カウンターに着いて透き通った酒をロックで飲んだ。天野が酒で出来上がったらそっと店を出よう。明日見つかったらうるさいだろうが、上手くかわせばいい。

そんな風に、最初は厄介なことになったと思っていたが、久しぶりに外で飲む酒は意外に美味かった。店も居心地がいい。扉が開いて、外気が店の中へと流れ込む。夜の冴えた冷気に思考を奪われ、無意識に視線をやれば、そこに客が立っていた。

ほっそりとした中背だ。デニムにオフホワイトのタートルネックを合わせている。黒髪が艶《つや》やかで、伏し目がちの目元には淡い影が出来ている。睫毛の濃さと、色の白さを物語っていた。

貴志と目が合うと、驚いたように目を見張り、それから微笑してこちらに近付いて来た。

「隣の席、構いませんか」

控えめなアプローチには緊張が見て取れた。彼がこの手の場所に慣れていないことが分かる。学生とも思えるほど年若く見えるが、思慮深い雰囲気は一つか二つ年下というところか。

好みだ、と思った。

もともと、貴志は遊び相手の容姿や雰囲気にそれほど細かく頓着《とんちゃく》する方ではない。他人に一生寄り添う、という概念がないからだ。一夜ベッドを共にするだけの相手に細かな注文が出来るほど、自分は出来た人間でもない。それほど他人に執着しないのは、恐らく不仲だった両親を見て育ったからだろう。そんな自分に少しはがっかりしないでもなかったが、気楽でいいと思っていた。

オーダーしたウィスキーのロックを真正面に置き、グラスの中を見詰めている。横顔も美しかった。酒の好みも悪くない。

「ここは、初めて？」

「いいえ。ずっと以前に何度か、知人に連れられて」

声音は甘く、抑揚が穏やかだ。もっと声を聴いてみたいと思う。

「どうして今夜はここに？」

「失恋をして」

彼は横顔のまま、静かな声でそう言った。

「ここは、いつも賑やかな場所でしょう。こういうところに来たら、少しでも気が紛れるかなって。他に方法が思い付かなかったんです」

好みの相手が、失恋したばかりで気晴らしを探している。

貴志はそっと背後を窺《うかが》った。もしや、天野の差し金だろうかと思ったからだ。夜遊びが久しぶりの貴志に、歓迎の意味を込めてプレゼントを差し向けたのかと。天野との付き合いは長い。付き合って来た恋人の数も素性も知られている。あちらも貴志の好みはお見通しのはずだ。付き合いの幅が恐ろしく広い天野なら、貴志の好みの人間などいとも簡単に用意出来るだろう。

だが隣で静かに酒を飲む相手は、そんなに性質《たち》の悪い企《たくら》みに乗るような雰囲気がない。そして、彼の慰めの相手として自分は合格点を出されていることも分かっている。

失恋の慰めが欲しいと言った唇で強い酒を呷《あお》ったら、それはもう隣にいる貴志を誘っているのと同じことだ。

史緒は今夜は京都のホテルだ。初めて訪れる街を満喫しているに違いない。遠く離れた東京で、貴志が何をしても知れるはずはない。幼く傷つきやすい恋人は、真綿に包んで大切にしている。つらいこと、痛いことは何も知らせず、何も教えない。それは残酷なのかも知れないが、大人が与える最大の優しさとも言える。

そして、貴志は自身が不安でもあるのだ。史緒にはまだ、余白が多い。その余白がどんな人々と作るどんな出来事で埋まるのか、それは誰にも予想が出来ない。大人の自分とは違い、子供には不確定な要素が多い。

史緒が大人になった時、貴志との関係をただの思慕を恋愛感情と勘違いしていた、そんな風に思って、自分から離れていくこともあるかもしれない。

その時、自分に他の誰かを探す余力があるかどうか。時折そんな風に思う。

人は誰かのために生きることで、生かされることもある。史緒を恋人にしてから、貴志はそれを知った。人は一人では生きてはいけない。

「お酒ってこういうときのためにあるんだなって思いました。手っ取り早い慰めになるから……でも、たくさんは飲めませんね。ただでさえ一人で寒いのに、もっと寒くなります」

「ホットミルクに蜂蜜を入れて飲むといい」

その場に相応《ふさわ》しくない可愛らしい単語に、隣の彼が顔を上げた。

「気持ちが落ち着くよ。酒は体を冷やす。過ごさない方がいい。落ち込んでいるときに風邪をひくと、重症化しやすいんだ。心身は一つだから」

「……じゃあ、体が満たされたら心も救われますか？」

「そうかも知れない」

相手はひっそりと微笑した。

「救われたい。一晩だけでも」

傍らから彼の手が伸び、貴志のそれに触れた。白い指先は思った通りひんやりとしていた。握り返され、暖めてもらうことを待っている。悲痛な冷たさだった。


そっと居間の扉を開けると、貴志はソファで転寝《うたたね》をしていた。

久しぶりに見るその寝顔をもう少し間近で見てみたかったが、周囲の様子をチェックする。

けれど居間も台所も、それほど散らかってはいない。ちょっとがっかりしてしまった。

俺がいなくても、あんまり困ってもらえなかったかも……

溜息をつく気配に、貴志が目を覚ました。

「帰ったのか」

「……うん」

言いたい言葉はたくさんあるのに、上手く唇が動かない。二泊三日会わなかっただけで、何だか貴志を遠くに感じて、素直に距離を縮めることが出来ない。

二泊三日の京都旅行だというのに、もっと長く、もっと遠く離れていたように思う。

照れ隠しに京都で買った土産を差し出した。

「これ、お土産。色んな種類があったけど、一番人気があるのを選んだんだ。天野さんにも同じの買って来たんだけど、食べてくれるかな」

「何でも食べるよ、あの人は」

その途端、緊張が解けた。二人で笑って、貴志がソファから体を起こす。

「京都、どうだった？　楽しかったか」

「すごい楽しかった」

そうか、と貴志が腕を伸ばし、史緒を抱いた。この手が、腕が恋しかった。

史緒は貴志の腕の輪の中に収まる。自分の世界は、この優しい腕が作る輪の中だけでいいと本当は思う。

「紅葉もすごかったよ。海外からもたくさん。外国の人、多かった」

それから、それから。伝えたいことがたくさんあって、上手く言葉にならない。

「帰りの新幹線、吉澤っていうクラスメイトとずっと話してたんだ。同じ教室で毎日会ってるのにどんなやつなのか全然知らなくて、でも二泊三日でも一緒にいたら、色んなことが分かった。貴志さんが旅行には絶対に行くように言ってた意味も、よく分かったよ」

「言っただろ？　お前の年齢なら、日常にもまだまだ不思議や冒険がいっぱいなんだよ」

一生懸命に話す史緒を見下ろす目が優しい。貴志の傍を離れ、史緒がどんな景色を目に映したかを知ろうとし、どんな風に成長したのか確かめようとしている。

自分のことに貴志が興味を持ってくれている。それが嬉しくてたまらない。

「どこもきれいで、友達も一緒で楽しかったけど、京都がいいところじゃなかったらいいのに、旅行が楽しくなきゃいいのにって、やっぱりちょっと思ってたんだ」

「どうしてそんなことを？」

「……貴志さんと一緒じゃなかったから」

「友達もいたろ？」

「ずっと一緒だった。それはそれで楽しかったよ。真夜中、眠るときまで友達と一緒にいて、ずっと賑やかで寂しくなかった。…でも違うんだ。そういうことじゃなくて」

史緒は顔を上げ、貴志を見上げた。彼と離れている間、自分が何を感じていたのか、余す所なく知って欲しい。

「一人できれいなもの見ても、楽しくてももったいないって思ったんだ。貴志さんにも一緒に見て欲しいって」

「馬鹿だなあ」

貴志はそう言って、史緒の髪を撫でる。保護者であり、恋人であるこの人の体温が史緒に触れる。きっと自分は、これからも貴志との違いに悩むだろう。貴志が何を考えているか分からず、苦しむだろう。十三歳という年齢差は、永久に縮まることはない。だから、貴志以外のたくさんのものを史緒は知らなくてはならない。色んなものを見て、色んな人に触れる。近道はない。誠実に自分を育てていく。

それだけが、正しく貴志に近付く方法なのだと思う。

「お前が見たものなら俺も見たのも同じなんだ。お前が楽しかったなら俺は嬉しいし、お前の感激は俺の感激でもある。上手く言えないけど、お前の中にも俺がいるんだよ」

そして、史緒の体を抱き締めてくれる。

「そう。俺の中にも、小さいお前がいる。それがよく分かった」

――だから、たとえ相手に絶対に知られることはなくても、裏切るようなことは絶対に出来ない。俺の中のお前を傷付けられない。他の誰かがどれだけ助けを求めていても。

「え?」

貴志が何か言ったように思えて、聞き返そうとしたら胸ポケットに入れていた携帯にメールが届いた。開いてみると天野からだ。

「『史緒ちゃんお帰り、明日土産取りに行くからよろしく。あと、あんな上物放って帰るなんて、お前は手の施しようのない馬鹿だ。って久保に言っといてよ』……何の話？」

「何でもない。あの人が訳が分からないのはいつものことだろ」

「それもそっか」

そう言えば、史緒がいない貴志の二泊三日はどうだったのだろう？　天野に振り回されて、無茶な夜遊びなんかをしていなければいいけれど。

「普段通りだったよ。変わったことは特に何もなかった」

「ほんと？　また天野さんに振り回されたりしてなかった？」

史緒が小首を傾《かし》げていると、貴志は本当に、何もなかった、とかぶりを振った。二人は目と目を見交わし、微笑《ほほえ》み合った。平和で幸福な日常が明日からまた続いていく。

「疲れたろ、熱い飲み物でも淹《い》れるよ。何がいい？」

「ホットミルクがいい。蜂蜜入れて」

「了解」

やがて室内に、蜂蜜と熱いミルクの香りが満ちる。甘い部屋で、史緒は恋人との幸福な夜を過ごした。

あとがき

こんにちは、または初めまして雪代鞠絵です。拙作「honey」お手にとっていただきありがとうございます。

今回のあとがきは一ページしかないこともあり、語りたいのはこれ！　イラストについて！　この「honey」文庫化のお話をいただいたとき、一も二もなく「イ、イラストはテクノ先生がいいです！」と噛み噛みで答えていた私。興奮しすぎ。かねてから、可愛くて、でもどこか切ないテクノ先生のコミックやイラストの大ファンだったのです。

そして編集者さまのご尽力があって、とうとうそれが現実となりました。すごすぎてほんま震えるわ（以下感激のあまり大阪弁に）。天野とか私の頭の中のキャラそのままやし！　貴志が淡泊なくせに情にもろかったり、史緒の意地っ張りとシオの甘えたとそんな二人のラブが…！　BL小説家って不思議な職業で、自分の妄想を他人様の手で現実にしていただける、本当にありがたいお仕事だと思っています。

そんな私のお仕事を支えて下さる編集のF様、いつも本当にありがとうございます。F様がいつ眠っているのか私は未だによく知りません。そして本作を読んで下さった読者様に最大の感謝を。

いつかまたどこかでお会いできますように！

雪代鞠絵

✦初出 honey……………………………「honey」（小説ショコラ掲載）を改稿
雨が優しく終わる場所…………ショコラノベルズ「honey」（2006年9月）
セミダブル・ベッド……………サイン会配布小冊子（2006年9月）
蜂蜜ホットミルク・レシピ……書き下ろし

雪代鞠絵先生、テクノサマタ先生へのお便り、本作品に関するご意見、ご感想などは
〒151-0051 東京都渋谷区千駄ヶ谷 4-9-7
幻冬舎コミックス　ルチル文庫「honey」係まで。

幻冬舎ルチル文庫

honey

2015年12月20日　第1刷発行

✦著者	雪代鞠絵　ゆきしろ まりえ
✦発行人	石原正康
✦発行元	株式会社 幻冬舎コミックス 〒151-0051 東京都渋谷区千駄ヶ谷 4-9-7 電話 03(5411)6431［編集］
✦発売元	株式会社 幻冬舎 〒151-0051 東京都渋谷区千駄ヶ谷 4-9-7 電話 03(5411)6222［営業］ 振替 00120-8-767643
✦印刷・製本所	中央精版印刷株式会社

✦検印廃止

ISBN978-4-344-83601-3　C0193　Printed in Japan

発行●幻冬舎コミックス　発売●幻冬舎